KB235552

맨발의 기봉이

맨발의 기봉이

황금나침반

사람 인(人)자처럼
서로를 의지하고 있기에
쓰러지지 않고
삶의 대지 위에
굳건히 서 있을 수 있는
두 사람은
서로에게 없어서는 안 될
존재, 세상을 살아가는
의미이다.

어느 날, 맑은 영혼을 만났을 때

기봉 씨를 처음 만나러 가던 날, 나는 얼마간 긴장하고 있었다. 설을 얼마 앞둔 1월 중순이었고 뺨이 몹시 시린 추운 날이었다. 내가 사는 곳에서 그가 사는 곳까지 두 시간 반. 어느덧 서울을 벗어난 자동차는 서해안고속도로를 달리고 서산 나들목을 지나 32번 국도로 접어들었다. 그가 살고 있는 마을이 가까워올수록, 어쩐지 나는 걱정이 되었다. 어쩌면 그를 만나고 싶지 않은 것 같기도 했다.

이런저런 매체들이 전하는 소문에 따르면, 기봉 씨는 예닐곱 살 아이처럼 해맑은 사람이다. 그는 인사성 밝고 부지런한 농촌 총각이었고, 어머니를 끔찍이 사랑하는 마을 제일의 효자였다. 그는 외롭고 가난한 사십 대 남자였고, 비가 오나 눈이 오나 홀로 묵묵히 달리는 맨발의 마라토너였다. 그리고 정신지체 1급 장애인이었다.

내가 걱정하는 것이 바로 그 점인지도 몰랐다. 거의 십 년이 되어가는 세월 저쪽, 나는 정신지체를 가진 아이들과 적지 않은 시간을 보낸 적이 있다. 아이들은 착하고 예뻤지만 그들의 마음속에 들어가 보고 싶어서 나는 늘 안달을 했다. 내 나이가 더 많았고 내 머리가 더 좋았지만(좋다고 생각했지만) 그들을 이해하기에는 모든 것이 부족했다.

기봉 씨도 정신지체를 갖고 있다……. 우리가 제대로 의사소통을 할 수 있을까? 처음 보는 낯선 여자에게 그가 쉽게 마음을 열어줄까? 그를 이해할 수 있을 만큼 나는 그동안 성장했을까? 많은 것이 의문이었다. 심지어, 그는 소문과는 전혀 다른 사람일지도 모른다는 생각이 엄습했다. 과장되고 미화된 이미지에 이끌려 나는 먼 길을 달려온 것인지도 모른다. 단지 믿고 싶을 뿐 현실에는 존재하지 않는 천사를 찾아 여기까지 왔는지도 모른다. 하지만 나는 그를 만나야 했다.

어느새 기봉 씨가 살고 있는 마을이었다. 그러나 그를 만나기 전에 거쳐야 할 관문이 있었다. 먼저 마을 이장님부터 만나야 했다. 기봉 씨의 이웃이자 후견인인 이장님은 마치 그의 아버지 같았다. 거친 세상으로부터 여린 아들을 보호하려는 근심 많은 아버지……. 이장님은 낯선 외지인에 대한 경계심을 애써 숨기려 하지 않았다. 신문이다 잡지다 텔레비전이다 하는 곳에서 찾아와 기봉 씨를 취재해 가고 세상에 그의 모습이 소개될 때마다 이장님은 그것이 '우리 기봉이'에게 얼마나 도움이 되는 일인지부터 생각했다. 대중매체를 통해 뭇사람들에게 알려진 이후 사랑하는 아버지를 잃는 불행을 겪은 어느 산골 소녀처럼, 지금 이곳에서 충분히 행복한 기봉 씨의 삶이 세상의 휘둘림으로 인해 훼손되지는 않을까 걱정하고 있었던 것이다. 이장님은 낯선 외지 여자에게 결코 친절하지 않았다.

그러나 다음 날, 낯선 외지 여자는 이장님의 안내로 기봉 씨의 집을 찾아갔다. 이장님이 운전하는 오토바이 뒷좌석에 타고 마을길을 달리는 내내 뺨이 시렸다. 바람을 가르며 달리는 오토바이 뒤로 울창한 솔숲과 붉은 흙의 삼밭이 휙휙 지나갔다. 공기 맑고 조용한, 평화로운 마을이었다.

그의 집은 외따로 떨어져 있었다. 주위엔 인가 한 채 없고, 그나마 가장 가까운 이웃집은 홀로 살던 노인이 죽은 뒤로 내내 비어 있다고 했다. 삼밭 한가운데 동그마니 서 있는 외딴집 뒤로 한때는 바다였던 간척지가 아슴푸레 보였다. 이장님은 포장도로가 끝나는 곳에 오토바이를 세워두고 기봉 씨의 집을 향해 앞장섰다. 겨울 햇살에 녹아 질척한 땅을 한 발 한 발 겨우 디뎌가며 나는 이장님의 뒤를 따랐다.

두 마리 개의 요란한 환영을 받으며 들어선 기봉 씨네 집. 찬바람을 막기 위해 쳐놓은 주홍색 비닐 장막을 젖히고 툇마루로 올라서자 바로 방문이 열리고 말갛고 작은 노인의 얼굴이 나타났다.

"아이구, 이장님 왔슈?"

기봉 씨의 노모였다. 팔순 노인에게 '앳되다' 는 표현이 적절치 않다는 것은 알지만, 그 순간 받은 첫인상은 그랬다. '늙으면 애가 된다' 는 말을 어떻게 해석해야 옳은지 모르겠다. 그것은 자연의 순리를 표현한 말이 아닐까. 나는 기봉 씨의 팔순 노모를 아이 같다고 느꼈고, 심지어 귀엽다고까지 생각했다. 다만 그렇게 여겨졌다. 아직 인사도 나누기 전에. 그만큼 자연에 가까운 얼굴이었다.

안으로 들어서자 차가운 기운이 느껴졌다. 방이 냉골이었다. 그러나 손님을 맞는 기봉 씨의 얼굴은 밝기만 했다. 웃음은 전염성이 강하다. 나도 모르게 그를 따라 활짝 웃고 있었다.

"기, 기, 기름 새. 보일러 고장 나. 전기바닥 여기 앉아. 따듯해."

보일러가 고장 나 전기장판을 켜놓았으니 와서 앉으라는 소리를 이장님의 통역으로 알아들었다. 이 추운 방에서 지난밤을 보냈다니. 안타까웠다. 노모가 감기라도 걸리면 기봉 씨는 어쩌나.

이장님은 보일러를 살펴보러 부엌으로 나갔고, 나는 기봉 씨에게 인사를 건넸다. 그는 짧게 깎아 단정한 머리에 낡은 트레이닝복 차림이었다. 키가 작았지만 왜소해 보이지 않았고, 마디가 굵은 거칠고 굽은 손을 갖고 있었다. 그는 자주 웃었는데 웃을 때는 눈가에서 시작돼 얼굴 전체에 진한 주름이 잡히면서 눈동자가 보이지 않았다. 마치 일부러 눈을 감고 웃는 것처럼.

나는 기봉 씨에게 이런저런 말을 걸었고, 그는 내가 말을 할 때마다 작은 눈을 동그랗게 뜨고 내게 집중했다. 그는 남이 말할 때 온 마음을 다해 귀 기울였고, 눈을 맞추며 가장 진실한 대답을 해주었다. 돌려 말하지 않고, 꾸미지 않고, 어려운 말 쓰지 않고, 쉽고 간단하게. 가끔은 했던 말을 또 하기는 했지만, 그건 강조의 의미일 것이다.

십 분도 되지 않아 나는 그가 하는 말을 모두 알아듣게 되었고, 그의 말에 배를 잡고 웃을 수 있는 경지까지 발전했다. 그는 참으로 유쾌한 사람이었다. 별 뜻 없이 그의 짧은 머리에 대해 말하자 그는 이렇게 대꾸했다.

"머, 머, 머리에 물 많이 줘야 머리 쑥쑥 자라."

어느새 기봉 씨가 오랜 친구처럼 여겨지는 것은 나로서도 알 수 없는 일이었다. 그와 함께 있는 것이 즐겁고 마음 편했다. 탁구공이 오가듯 짤막한 대화가 몇 번 왔다 갔다 했을 뿐인데도 나는 그가 가릴 것 없는 친구처럼 느껴졌고, 내 마음도 그를 따라 착해지는 것 같았다.

방은 더 이상 춥지 않았다. 작은 방에 한 이불을 덮고 옹기종기 모여 앉아 있노라니 외풍이 오히려 시원했다. 그의 노모가 커다란 봉지째 내준 땅콩캐러멜도 달고 쫄깃쫄깃했다.

"나 먹으라고 이걸 사왔지 뭐여. 이렇게 많은 걸 누가 다 먹는다구. 춧."

그렇잖아도 많이 쟁여두고 드시는구나 생각했는데, 기봉 씨는 어머니를 위해 큰 봉지에 든 캐러멜을 사온 것이다. 그가 효자라는 건 어머니가 입은 분홍 스웨터가 얼마나 도탑고 고운지만 봐도 알 수 있었다. 반면 그의 트레이닝복은 소매 끝이 닳아 올이 풀리고 본래의 색이 무엇인지 모르게 빛이 바래 있었다. 내가 물었다.

"아들이 어머니한테 잘 해요?"

보청기를 낀 팔순 노모가 대답했다.

"그럼. 내가 복 받은 사람이여."

여전히 툭툭 내던지는 듯한 무심한 말투였지만 오히려 정겨웠다.

다음 만날 약속을 하고 집을 나오면서, 그를 찾아오는 동안 가졌던 나의 생각들이 얼마나 편협하고 오만한 것이었는지 절실히 깨닫지 않을 수 없었다. 마음을 열면 통한다. 서로 오래 알고 지낸 사이건 방금 만난 사이건, 재산과 지위와 능력이 얼마나 다르건, 나이와 국적과 성별이 같건 그렇지 않건 간에 껍데기를 벗고 아이의 맑은 마음으로 돌아간다면 우리는 모두 교감할 수 있다. 서로를 이해하고 좋아할 수 있다.

질척거리는 땅을 걸어 나오는데 벌써 기봉 씨가 보고 싶어졌다.

2006년 초봄

차례

1장

달릴 때가 제일 좋아

맨발로 달리던 아이

충청남도 서산시 고북면의 작은 마을. 마을에는 늘 맨발로 뛰어다니는 키 작은 소년이 있었다. 마을 사람들은 하루에도 몇 번씩 앞만 보고 냅다 달려가는 소년의 모습을 볼 수 있었고, 가끔은 발바닥을 만져보곤 못도 안 들어가게 굳은살이 박였다며 쯧쯧 혀를 차곤 했다. 하지만 소년은 개의치 않았다. 소년은 맨발이 편했다. 워낙 가난한 살림이라 신발도 없이 벗은 발로 다니던 습관이 몸에 밴 터였다. 걸을 때나 뛸 때나 소년은 언제나 맨발이었고, 이젠 발바닥이 아픈 줄도 몰랐다. 신발을 신으면 오히려 갑갑했다. 물론 달릴 때 신을 만한 운동화도 갖고 있지 않았다. 검정 고무신 한 켤레가 있기는 했지만 그걸 신고 뛰다보면 얼마 못 가 해지고 말 거였다.

모자라는 녀석이라고 놀림받고 따돌림도 당했지만 소년은 달리기 하나만큼은 누구보다 자신 있었다. 술 좋아하던 할아버지가 막걸리 심부름을 시키면 고무신을 벗어놓고 쏜살같이 뛰어갔다 왔고, 엄마가 마실 간 큰누이를 찾아오라 이르면 밖으로 나가 아랫마을을 향해 냅다 달렸다. 아버지도 들에 나간 엄마에게 전할 말이 있을 때면 어김없이 소년을 불렀다. 소년은 심부름하는 게 좋았다. 심부름을 하고 돌아오는 길은 뭔가 큰일을 해낸 것 같아 달리는 발걸음이 더 가벼웠다. 심부름을 할 때만큼은 결코 '모자란 놈' 이 아니었다. 소년은 자신이 없어서는 안 될 아주 중요한 사람이 된 것 같았다.

마을에는 뒤를 따라다니며 놀려대고 따돌리는 아이들만 있을 뿐, 같이 동무해 주는 아이가 없었다. 친구도 장난감도 없는 소년은 못 쓰는 종이를 이리저리 접으며 혼자 놀거나 나뭇가지를 꺾어다가 무언가를 만들곤 했다. 그러다 싫증이 나면 밖으로 나가 마을을 한 바퀴 돌았다. 5킬로미터쯤 되는 거리였다.

소년은 이제 심부름이 아니어도 마을을 뛰어다니기 시작했다. 하루라도 뛰지 않으면 답답하고 심심해서 몸이 근질거렸다. 땡볕이 내리쬐는 여름 한낮이나 장대비가 쏟아지는 궂은 날에도 소년은 뛰었다. 앞이 잘 보이지 않을 만큼 함박눈이 쏟아져도 5킬로미터를 달렸다.

그렇게 소년은 어른이 되었다. 그가 기봉 씨다. 어려서 아버지가 돌아가시고 누이들도 시집을 가 어머니와 단둘이 남았을 때, 기봉 씨는 어머니를 위해 뛰었다. 이웃에서 일을 거들어 주고 집으로 돌아가는 길, 이웃 아낙이 음식을 싸주면 어서 엄마에게 음식을 갖다드리겠다는 마음에 그 어느 때보다 빨리 달렸다. 하루 종일 자신을 기다리고 있을 엄마에게 빨리 돌아가기 위해서. 맛있게 음식을 드실 엄마 얼굴을 빨리 보고 싶어서.

그날도 기봉 씨는 집에서 2킬로미터쯤 떨어진 젖소 목장에 가 소똥

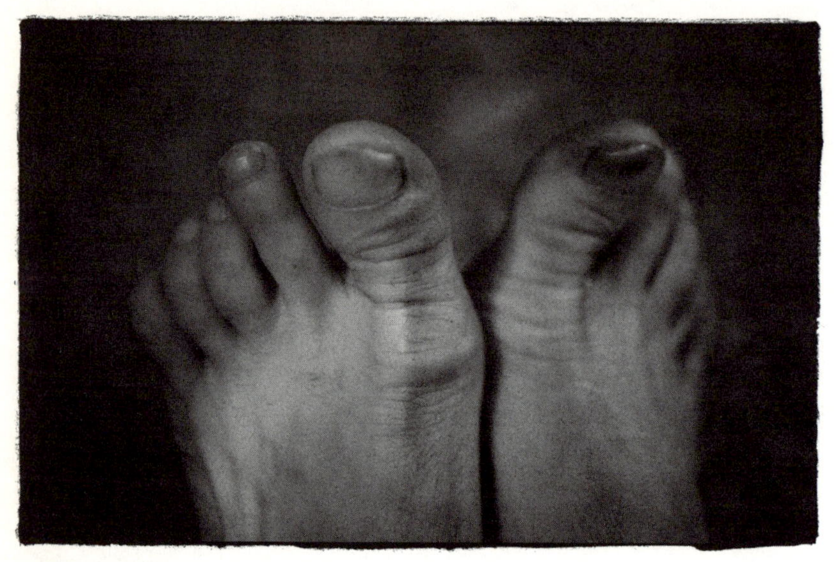

소년은 맨발이 편했다.
걸을 때나 뛸 때나 소년은 언제나 맨발이었고,
발바닥이 아픈 줄도 몰랐다.
물론 달릴 때 신을 만한 운동화도 갖고 있지 않았다.

치우는 일을 도왔다. 성실하고 부지런한 기봉 씨는 마을에서 인기 있는 일꾼이다. 일을 할 때는 한눈팔지도 않고 꾀를 부리지도 않는다. 십팔번 〈노란 샤쓰의 사나이〉나 〈잘살아보세〉를 흥얼거리며 열심히 소똥을 퍼 나르고 건초더미를 옮긴다. 아무리 거칠고 고된 일이라도 마다하지 않고 오히려 즐거워한다. 기봉 씨는 즐기면서 일할 줄 아는 진정한 일꾼이다.

어느덧 저녁 어스름이 깔렸다. 일한 대가로 몇 장의 지폐를 받아든 기봉 씨는 소중하게 돈을 접어 주머니에 깊숙이 밀어 넣는다. 목장 안주인은 비닐봉지 가득 고구마와 귤을 담아주며 어머니에게 갖다드리라고 한다. 기봉 씨의 입이 함박만큼 벌어진다.

"그, 그려. 오, 옴마 갖다, 갖다 줄겨."

기봉 씨는 검은 봉지를 들고 집을 향해 뛰기 시작한다. 그러다간 문득 멈춰 서선 바지 주머니에 손을 넣어본다. 지폐의 감촉이 느껴지고 그는 안심하며 다시 달리기 시작한다.

이윽고 기봉 씨는 집에 도착해 숨을 몰아쉰다.

"옴마! 옴마!"

그런데 집이 너무 어둡다.

"기봉이 왔냐?"

안에서 들려오는 엄마 목소리. 문을 열고 들어가자 방 안이 온통 깜깜하다.

“부, 부, 불, 안 켜?”

“전부터 나갈라구 발랑발랑하더니 진짜 나갔구먼.”

기봉 씨는 어머니에게서 손전등을 받아들고 백열전구를 갈아 끼운다. 전구를 갈아 끼우는 일 말고도 두 모자가 사는 집에 기봉 씨의 손길이 필요한 곳은 많다. 때때로 창호지도 새로 발라야 하고, 겨울이면 바람막이 비닐도 대주어야 한다. 세탁기 없이 손으로 빨래를 해서 볕에 널고 걷는 일도 기봉 씨가 맡은 중요한 일이다. 금방이라도 허물어질 것처럼 보이는 오래된 집이지만, 곳곳에 기봉 씨의 꼼꼼한 손길이 닿아 있다. 기봉 씨는 집안일도 썩 잘해내고 있다.

전구에 불이 들어오고 방이 환하게 밝아지자 기봉 씨는 주머니에서 돈을 꺼내 엄마에게 내민다.

“오, 옴마, 도, 돈.”

어머니는 부신 눈을 찌푸리며 기봉 씨가 건네는 돈을 받는다.

“얼마냐?”

하루 종일 힘들게 일해 번 돈을 한 푼도 쓰지 않고 고스란히 가져오는 아들이 고맙고 기특하지만, 엄마는 웃지도 않고 퉁명스레 물을 뿐이다. 언제나 그렇듯이. 하지만 기봉 씨는 엄마 마음을 잘 안다. 엄마가 기뻐하는 걸 알기에 그 좋아하는 일회용 카메라도 사지 않고 집으로 곧장 달려오지 않았던가.

엄마가 지갑에 돈을 넣고 그 지갑을 또 손가방에 넣는 것을 보고서야 기봉 씨는 방을 나와 부엌으로 들어간다. 나뭇가지를 그러모아 아궁이에 불을 지피고 고구마를 굽기 시작한다. 타지 않으면서도 골고루 잘 익도록 부지깽이로 가끔 뒤집어가며 기봉 씨는 열심히 고구마를 굽는다. 엄마가 좋아하시는 노릇노릇한 군고구마를 만들어내느라 기봉 씨의 얼굴은 발갛게 물들어간다.

"옴마, 고, 고구마."

갓 구운 따끈따끈한 고구마를 엄마 앞에 내미는 기봉 씨. 그러나 엄마는 고구마에는 눈길도 주지 않은 채 귤만 까 드신다. 집으로 달려올 때부터 군고구마를 해드릴 생각에 들떠 있었던 기봉 씨는 실망이 이만저만이 아니다. 뜨거워서 손을 후후 불어가며 고구마 껍질을 벗겨 내밀지만 엄마는 여전히 안 먹겠다고 하신다.

"머, 먹어. 먹어."

"안 먹는다니까. 너 먹어."

"머, 먹어. 맛있어."

"한 번 안 먹는다면 안 먹는 거여."

그래도 기봉 씨는 포기하지 않았고, 결국은 엄마도 할 수 없다는 듯 한 입 베어 문다.

"그려, 맛있다. 이제 너 먹어."

엄마가 고구마를 드시는 걸 보고서야 기봉 씨는 군고구마를 집어 들고 맛있게 먹기 시작한다.

외딴집의 밤이 깊어간다. 내일도 기봉 씨는 엄마를 위해 달릴 것이
다. 누군가 먹을 것을 싸주면 한달음에 달려와 엄마가 먼저 드시게 할
것이다. 맛있는 음식이 있으면 제일 먼저 부모에게 드리는 것이 도리
일 것이다. 누구나 그렇게 배워 알고 있다. 그러나 기봉 씨는 효도가
무엇인지 모른다. 좋은 음식은 부모 먼저 드려야 한다고 배운 적도 없
다. 그저 엄마가 맛있게 드시는 모습을 지켜보는 게 좋을 뿐. 마음이
시키는 대로 행동할 뿐. 그에게 효도란 머리가 아니라 가슴에서 나오
는 것이다.

기봉 씨, 마라톤을 만나다

　그날도 기봉 씨는 마을 한 바퀴를 돌고 난 뒤 국도로 나와 신작로를 달리고 있었다. 맨발로 온 동네를 뛰어다니는 그를 처음 보는 사람이라면 이상한 시선을 보내기도 했으리라. 가끔은 뛰면서 혼잣말을 중얼거리기도 하고 남들은 밖에 나갈 엄두도 못 내는 악천후에도 그는 뛰고 또 뛰었으니까. 앞이 안 보일 만큼 눈보라가 치는 날, 눈발을 헤치며 맨발로 달려가는 그를 보면 누구라도 의아하게 여기지 않을 수 없을 것이다.

　마을 사람들도 특이한 버릇 이상으로는 생각하지 않는 듯했다. 그러나 이장님만은 달랐다. 하루도 빠짐없이 달리는 기봉 씨를 그는 예전부터 눈여겨보고 있었다. 속도도 점점 빨라지는 것 같았다. 달리기 잘 한다는 마을 청년들과 시합을 붙여놓아도 기봉 씨는 조금도 빠지지 않을 듯했다.

　면사무소에서 나와 오토바이에 올라타는데 기봉 씨가 달려오는 모습이 보였다.

　"아, 안, 안녕하세요."

　인사성 밝은 기봉 씨가 꾸벅 인사를 하면서 달려가고 이장님은 오토바이에 시동을 걸고 기봉 씨를 따라갔다.

“기봉아!”

“네.”

“앞으론 신작로에서 달리지 말어. 그렇게 앞만 보고 달리다 차에 받히면 어쩌려구 그려.”

“아, 아, 알았어.”

“기봉아, 뜀박질하는 게 좋으냐?”

“그, 그럼. 좋지.”

“그렇게 밤낮 뛴다고 밥이 나오냐, 떡이 나오냐.”

“좋아, 뛰는 거, 좋아.”

“허허 참.”

그때 이장님 머리에 좋은 생각 하나가 떠올랐다. 지금까지 왜 그 생각을 못했는지 억울할 지경이었다. 며칠 뒤면 고북면 체육대회가 열린다. 정식 명칭은 ‘2002년 제12회 면민 화합 체육대회.’ 기봉 씨를 5킬로미터 단축 마라톤에 출전시켜 보는 거다.

이장님은 기봉 씨가 자신도 무언가 할 수 있다는 자신감과 희망을 갖기를 바랐다. 기봉 씨는 사람들이 조금이라도 어려운 것을 물어본다 싶으면 말하곤 했다.

“난 몰러. 뭘 아나. 공부 안 해서 몰러.”

하도 입버릇처럼 되다시피 한 말이라 이때는 더듬거리지도 않았다.

체육대회에서 입상하면 메달과 기념품, 약간의 상금도 주어진다. 평생 학교에 다니지 못한 기봉 씨는 지금껏 상이라고는 받아본 기억이 없을 거였다. 이장님은 기봉 씨가 사람들 앞에서 목에 메달을 걸고 박수를 받는 상상을 해보았다. 생각만으로도 기분이 좋아졌다. 이장님은 면장님을 찾아가 체육대회에 기봉 씨를 참가시키는 문제에 대해 상의했고, 면장님 역시 좋은 생각이라고 고개를 끄덕였다.

드디어 9월 15일, 면민 화합 체육대회가 열리는 날. 미리 참가 신청을 해둔 이장님은 기봉 씨를 데리고 고북중학교로 향했다. 운동장에는 벌써 많은 사람들이 모여 있었다. 개회식이 시작되고, 운동장에서는 이런저런 경기가 열렸다. 단축 마라톤도 곧 시작될 예정이었다. 이장님은 기봉 씨의 어깨를 두드려 주며 말했다.

"하던 대로, 평소처럼 하면 되여. 알았지, 기봉아?"

"네. 하, 하던 대로."

기봉 씨는 한껏 들떠 있었다. 난생 처음 해보는, 남과 겨뤄보는 시합이었고 이장님이 사준 새 운동화는 깨끗하고 가뿐했다. 사람들이 많이 모여 있으니 무슨 잔치 같기도 했다. 이윽고 출발을 알리는 신호가 들리고, 이장님이 어서 뛰어가라고 손짓을 했다. 기봉 씨는 힘차게 첫발을 내디뎠다.

이장님도 오토바이에 시동을 걸고 기봉 씨를 뒤따라 학교 문을 나섰다. 달리기는 늘 하는 것이지만, 달리는 코스는 기봉 씨의 평소 코스가 아니었다. 이장님은 기봉 씨가 코스를 이탈하지 않도록 인도할 겸, 또 페이스를 조절할 수 있도록 도울 겸해서 오토바이로 기봉 씨와 함께 달렸다.

면민 화합 체육대회에는 고북면에서 운동 잘하는 사람들은 모두 참가해 실력을 뽐낸다. 서산 시민 체육대회에서 우승을 하기도 할 만큼 실력 있는 면민들이었다. 그래서일까. 기봉 씨는 평소의 페이스를 찾지 못하고 있었다. 혼자만 뛰다가 많은 사람들과 함께 뛰는 대회라 긴장도 되는 듯싶었다. 그러나 이장님은 재촉하지 않았다. 이제 시작이었고, 고북 면민의 한 일원으로서 체육대회에 참가했다는 것 자체에 의미가 있었다.

사실 기봉 씨는 방외적인 존재였다. 그의 존재는 실제보다 가볍게 평가되는 경향이 있었다. 마을 사람들은 그를 안타까워하고 가엾게 생각하기도 했지만, 한편으로는 자신들과는 전혀 다른 존재, 일종의 이방인으로 여기고 있었다.

결국 기봉 씨는 무사히 완주를 하고 다시 운동장으로 돌아왔다. 순위권 안에는 들지 못했지만 무리에서 뒤처지지 않고 썩 잘 해냈다. 이장님은 기봉 씨가 상을 받지 못한다면 누구도 상을 받아선 안 된다고 생각했다. 비록 입상은 못했지만 기봉 씨야말로 오늘의 일등이라고 생각했다.

어려서부터 온 마을을 뛰어다니던 아이. 신발이 없어서, 또 신발이 있어도 닳을까 봐 맨발로 달리던 아이. 한눈팔지 않고 앞만 보며 뛰던 아이. 밤낮없이 달리며 아이는 무슨 생각을 했던 것일까. 아마 엄마 생각을 했을 것이다. 어서 집에 가 엄마한테 맛있는 거 드려야지, 어서 엄마가 기다리고 있는 집으로 가야지.

이장님은 면장님과 의논해 기봉 씨에게 삼등 상을 주기로 했다.

'그려, 기봉아, 너도 할 수 있어. 앞으론 더 잘 뛸 수 있을 거여.'

체육대회의 마지막 순서인 시상식. 드디어 이장님의 눈앞에는 머릿속으로 그렸던 광경이 펼쳐졌다. 단상에서 이름을 부르자, 기봉 씨는 활짝 웃으며 줄 지어 선 사람들 앞으로 뛰어나갔다. 면장님이 목에 메달을 걸어주고 악수를 청했다. 메달을 건 기봉 씨가 사람들을 향해 돌아서서 꾸벅 인사를 했다. 그러자 운동장에는 그날의 가장 큰 박수 소리가 울려 퍼졌다.

가을 하늘이 저녁놀에 물들고 있었다. 목에 건 메달이 황금빛으로 반짝였다. 어서 엄마에게 달려가 메달을 보여 드리고 상금이 든 봉투를 갖다드리기 위해 기봉 씨의 마음은 벌써 마을길을 달리고 있었다.

마라토너의 꿈

　면민 체육대회 이후 기봉 씨는 꿈이 하나 생겼다. 바로 마라토너가 되는 것. 마라톤 대회에 출전해 입상하면 메달도 받고 상금도 받는다는 사실을 기봉 씨는 처음 알았다. 그냥 달리는 것만 해도 좋은데 대회에 나가서 사람들과 함께 뛰고, 입상하면 상까지 받는다니, 기봉 씨는 마라톤 대회에 매혹되지 않을 수 없었다.

　시상식이 끝나고, 그날 대회에서 뛸 때보다 더 빠르게 달려 집으로 돌아왔을 때, 메달을 본 엄마는 잘했다며 몇 번이고 칭찬을 해주셨다. 기봉 씨는 마치 세상을 다 얻은 듯했다.

　엄마에게는 늘 물가에 내놓은 자식 같았던 기봉 씨는 칭찬보다는 야단을 더 많이 듣고 자랐다. 남들이 보면 손가락질하기 딱 맞을 장난이 기봉 씨의 취미였다. 어른이 되어서도 기봉 씨의 장난기는 여전했다. 언제나 즐겁고 유쾌한 기봉 씨는 엄마와 마주 앉아 밥을 먹다가도 뜬금없이 장난을 쳤고, 그럴 때면 어김없이 엄마의 꾸중이 돌아왔다. 숟가락에 밥을 가득 뜨고 푸성귀 반찬을 높이 얹고는 입에 들어가지 않는다는 시늉을 하며 히히 웃으면, 엄마는 먹는 것 가지고 장난치지 말라며 야단을 치셨다.

"까불지 말어!"

"헤헤."

"앞으로 뭐가 될라구 그려!"

기봉 씨가 노렸던 건 바로 이런 엄마의 반응이었는지 모른다. 기봉 씨는 엄마의 꾸중에도 헤헤 웃다가 또다시 슬그머니 솟아나는 장난기를 애써 참으며 마저 밥을 먹곤 했다. '다음엔 또 무슨 장난을 치지. 엄마는 또 짐짓 눈을 부릅뜨며 소리치겠지.'

"앞으로 뭐가 될라구 그려!"

그럼 대답할 것이다.

"마라톤 선수!"

생각만으로도 웃음이 난다. 하하.

"갑자기 왜 웃는거?"

오토바이를 타고 나란히 달리며 옆에서 이장님이 묻는다. 이장님은 이제 기봉 씨의 공식 트레이너이자 코치가 되었다. 아무도 그렇게 하라고 부추기지 않았고 기봉 씨의 부탁이 있었던 것도 아니지만 이장님은 흔쾌히 코치를 자임하고 나섰다. 그리고 기봉 씨와 함께 매일 마을길을 달리기 시작했다.

새해가 밝으면 경상남도 고성에서 마라톤 대회가 열린다는 사실을 알려준 것도 이장님이었다. 이번에는 20킬로미터 하프 마라톤. 면민 체육대회 때의 네 배나 되는 거리이다. 체계적인 훈련이 필요했다. 하지만 이장님도 마라톤에 문외한인 것은 마찬가지였다. 이장님은 아들의 도움으로 인터넷에서 관련 자료를 찾고 마라톤 교본도 몇 권 구입했다. 매일 밤 돋보기안경을 꺼내 쓰고 이장님은 독서삼매경에 빠져들었다.

매일 아침 이장님은 기봉 씨네 집으로 출근하기 시작했다. 맨발을 고집하는 기봉 씨를 설득해 러닝화도 신게 했다.

"신발 닳으믄 또 사줄 테니 신고 뛰어. 그래야 더 잘 뛰지. 지난번 체육대회 때처럼."

마을길로 나온 이장님과 기봉 씨는 함께 스트레칭을 했다. 이장님은 책을 보고 미리 연습한 대로 기봉 씨에게 시범을 보여주었다. 기봉 씨도 이장님을 따라 동작을 취해본다.

"그게 아녀. 자 봐. 이렇게 팔을 쭉 뻗구."

"하하."

뭐가 우스운지 기봉 씨는 배를 잡고 웃어댄다. 작은 눈이 묻혀서 보이질 않는다.

"내가 웃기냐?"

"웃겨, 웃겨."

스트레칭을 마친 두 사람은 함께 달리기 시작한다. 한 사람은 두 발로 뛰고, 다른 한 사람은 오토바이를 타고서. 기봉 씨는 이제 맨발이 아니다. 머리에는 직접 만든 띠도 질끈 동여맸다. 그동안 기봉 씨는 마음 내키면 뛰고 힘들면 갑자기 멈춰 숨을 몰아쉬곤 했다. 달리기 전에 그리고 달리고 나서도 꼭 해주어야 하는 스트레칭조차 해본 적이 없다. 그러나 마라톤은 그렇게 하는 게 아니다. 힘이 넘친다고 초반에 전력질주를 하다가는 그 긴 거리를 완주할 수 없다. 멀리 보면서 자신의 페이스를 꾸준히 조절해야 한다. 뛰다가 갑자기 멈춰 서서도 안 된다. 천천히 속도를 줄여가야 순간적으로 혈압이 높아지는 것을 막을 수 있고 몸에 무리가 가는 것도 줄일 수 있다. 이장님은 며칠 새 마라톤 전문가가 다 되어 있었다.

처음부터 너무 빨리 달린다 싶더니 기봉 씨는 뛰다 말고 갑자기 멈춰 선다. 기역자로 허리를 꺾고 숨을 헐떡거린다.

"기봉아, 괜찮은겨?"

"아, 아, 아퍼."

"어디가?"

"아, 아퍼, 배, 배."

이장님은 유심히 기봉 씨의 상태를 살핀다. 마라톤은 위험한 운동이기도 하다. 경험 많은 사람들도 마라톤 대회에 나가서 쓰러지곤 하지 않던가. 이장님은 언제 기봉 씨와 함께 병원에 가봐야겠다고 생각한다.

숨을 고르고 난 기봉 씨는 다시 달릴 준비를 한다.

"기봉아, 진짜루 괜찮은겨?"

사람들은 기봉 씨를 보며 '포레스트 검프'를 떠올렸고,
맨발의 아베베를 떠올렸다.
건강한 사람들도 하기 힘든 마라톤에 정신지체 1급 장애를
가진 사람이 도전하다니 대단한 일이라고 생각했다.

“괘, 괘, 괜찮아. 안 아퍼.”

“갑자기 스니께 그렇지. 그래서 처음부터 그렇게 빨리 뛰면 안 되는 겨. 이젠 그러지 말어. 알았냐?”

“예.”

“그럼 출발한다, 이?”

이장님과 기봉 씨는 다시 달리기 시작한다. 이번에는 좀 천천히. 이장님이 코치를 한다.

“내가 스라고 할 때까지 무조건 달려야 하는거. 그럼 곧장 일등 하는겨.”

“일등, 일등.”

“알았냐?”

“예!”

이장님이 함께 뛰어주어 기봉 씨는 더 힘이 난다. 주저앉고 싶을 때도 있지만 이장님이 있기에 쉽게 포기하지 않는다. 마을 사람들의 응원도 큰 힘이 되어준다. 사람들은 마을회관 앞에 모여 있다가도, 버스를 기다리다가도, 경운기를 몰고 가다가도, 달리는 기봉 씨를 보면 손을 흔들며 “기봉이 파이팅!”을 외쳐주었다. 마라톤에 나가 일등하고 오라고 격려해 주었다. 전에는 없던 일이다. 기봉 씨는 언제나 뛰어다녔지만 언제나 격려를 받았던 것은 아니다. 마라톤은 마을 사람들의 기봉 씨에 대한 인식을 바꿔놓았다.

사람들은 기봉 씨를 보며 포레스트 검프를 떠올렸고, 맨발의 아베베를 떠올렸다. 건강한 사람들도 하기 힘든 마라톤에 정신지체 1급 장애를 가진 사람이 도전하다니 대단한 일이라고 생각했다. 하지만 기봉 씨에게 달리기는 이미 오래전부터 삶의 일부였다. 어릴 때부터 해왔던 고된 노동 때문일까. 날씨가 궂으면 기봉 씨는 가끔 다리가 아프다. 기봉 씨는 말한다.

"가, 가, 가만히 있으면 다리 아퍼. 뛰, 뛰면 안 아퍼."

달리기는 기봉 씨의 아픔을 잊게 해주었다. 달리다 보면 힘든 일도 슬픈 일도 모두 잊혀졌다. 그리고 이젠 함께 달려주는 친구까지 생겼다.

"가, 가, 같이, 같이 뛰야 좋지. 혼자 뛰는 것보다."

출전 준비 완료!

　완행버스는 어느새 서산 시내로 접어들었다. 기봉 씨는 엄마와 함께 옷을 사러 나온 길이다. 새 옷을 사본 게 언제적 이야기인지 모르겠다. 기봉 씨가 입고 다니는 옷은 깨끗하지만 하나같이 낡고 해진 것들뿐이다. 새 옷이 있다 해도 아마 기봉 씨는 아까워서 옷장 속에 고이 모셔둘 것이다. 신발이 닳을까 아까워 차라리 맨발로 뛰었듯이.
　엄마는 마라톤 대회에 나가 입을 유니폼을 사주겠노라 하셨다. 이장님이 가르쳐주어 빨간 동그라미로 달력에 표시해 둔 1월 19일이 이틀 앞으로 다가온 것이다. 전국 마라톤협회가 주최하는 동계 하프 마라톤 대회. 내일 아침 일찍 기봉 씨는 대회가 열리는 하남시로 떠난다.
　기봉 씨는 소풍 전날의 아이처럼 가슴이 설렌다. 이장님 말에 따르면 전국에서 달린다 하는 사람들은 다 모여드는 큰 대회이다. 기봉 씨는 얼마나 많은 사람들이 올지 자못 궁금하다.
　'지난 가을 면민 체육대회 때보다 더 많이 올까? 사람들이 많으면 일등 하기가 더 어렵겠지? 꼭 일등 해야 하는데. 일등 해서 엄마한테 상금 갖다드려야 하는데. 평생 고생하며 가난하게만 산 우리 엄마…… 엄마한테 돈 많이 벌어다 주고 싶어'

기봉 씨는 전부터 눈여겨보았던 운동용품점으로 엄마를 모시고 간다. 안으로 들어가자 기봉 씨의 눈길이 바빠진다. 때깔 좋은 운동복들이 줄줄이 걸려 있고, 기봉 씨는 신이 나서 옷들을 이리저리 뒤적거려 본다. 그러고는 마침내 마음에 드는 옷 하나를 골라 들고 엄마에게 보여준다. 깃털처럼 가볍고 하얀 옷을 입고 달릴 생각을 하니 저절로 신이 난다.

"안 되여. 껌어져."

그러나 엄마는 흰 옷은 금방 때가 탄다며 파란색 옷을 사라고 하신다. 기봉 씨의 표정이 눈에 띠게 시무룩해진다. 그러면서도 기봉 씨는 흰색 운동복을 도로 제자리에 걸어두고 파란색 운동복을 선택한다. 그런데 엄마가 꼬깃꼬깃한 지폐를 꺼내 침을 발라가며 한 장 한 장 세어 주인에게 건네는 모습을 보자 마음이 흔들린다.

"하얀 거. 이거, 하얀 거."

기봉 씨는 다시 흰색 운동복을 들고 온다. 옷에 대해서라면 아무 욕심 없는 기봉 씨지만 달릴 때 입을 운동복만큼은 욕심이 난다. 잘 어울리지 않느냐는 듯 옷을 들어 몸에 대보고 엄마 얼굴을 쳐다본다.

"그게 너한테 어울린다고 생각허냐?"

그러면서도 엄마는 결국 하얀색 한 벌을 더 사주셨다.

"갈아입고 갈아입고 허게. 이놈도 입고 이놈도 입고. 새파란 것만 사면 안 되지."

새 운동복 두 벌. 엄마로서는 큰맘 먹고 거금을 쓰신 셈이다. 그래도 엄마는 흐뭇하기만 하다. 아들이 밥만 먹으면 뛰쳐나가 달음박질을 할 때마다, 배 꺼진다고 감기 든다고 야단만 했었지, 마라톤 대회에 입고 나갈 옷을 사주게 될 줄은 몰랐다. 이렇게 쓰는 돈이라면 매일이라도 아깝지 않을 것 같다.

날아갈 듯 집으로 돌아온 기봉 씨는 새 옷이 든 쇼핑백을 방 한 구석에 고이 모셔놓고 옷장 문부터 연다. 안을 뒤져 헌 옷 하나를 꺼내더니 가위로 길게 오려내고, 반짇고리에서 실과 바늘을 꺼내 오려낸 천에 능숙한 솜씨로 감침질을 한다. 어려서부터 구멍 난 양말이나 해진 바지를 직접 기워 입었던 기봉 씨에게 바느질은 손에 익은 일이다. 잠시 후 대회용 머리띠가 완성되었다. 기봉 씨는 새 머리띠를 두르고 거울 앞에 서서 자신의 모습을 비춰본다. 멋지다. 진짜 선수 같다.

거울을 보며 씩 웃고 있는데, 밖에서 개 짖는 소리가 들리고, 그 소리에 섞여 이장님의 목소리가 들려온다.

"기봉아, 안에 있냐?"

이윽고 방 안으로 들어온 이장님, 기봉 씨에게 꽤 묵직한 종이봉투 하나를 건네준다.

"뭐, 뭐여? 이거."

"꺼내 봐. 보믄 알겨."

봉투 안에서 상자를 꺼내 열어보자 기봉 씨의 눈앞에 날렵한 러닝화 한 켤레가 짠, 하고 나타난다. '3157'이라는 숫자가 적힌 네모반듯한 번호표도 함께. 순간 기봉 씨는 코끝이 찡해진다. 기뻐 죽겠는데, 좋아서 미칠 지경인데 왜 가슴이 아릿한 걸까. 문득 든 생각, 이장님이 아버지였으면 좋겠다는 생각 때문일까.

"뭐 혀. 신어 봐."

이장님 말에 기봉 씨는 얼른 신발을 신어 본다. 맞춘 것처럼 발에 딱 맞는다. 번호표도 가슴에 가만히 대어본다. 세상에 이보다 더 소중한 것은 없다는 듯.

모든 것이 완벽하다. 신발에, 옷에, 머리띠에, 번호표까지. 이제 출전 준비 끝이다. 기봉 씨 얼굴이 환하게 펴진다. 싱글벙글하는 기봉 씨를 흐뭇하게 바라보다 이장님이 묻는다.

"그리 좋은겨?"

"조, 좋지, 그럼."

오랫동안 갖고 싶었던 선물을 받은 아이의 표정이 그렇듯 기봉 씨는 좋아서 입을 다물지 못한다.

"내일 일찍 출발할겨."

"예."

"경기라고 생각하지 말고 준비운동으로 생각허고 찬찬히 뛰어."

"시, 시켜. 시켜, 할게."

"시키는 대로 한다구?"

“예.”

“그려. 그럼 일찍 자고. 푹.”

“예.”

이장님이 돌아가자 엄마는 바느질을 시작하신다. 새로 산 하얀 운동복에 번호표를 달아주신다. 바느질이야 기봉 씨도 얼마든지 할 수 있고 눈 어두운 엄마보다 솜씨도 더 낫지만 엄마는 침침한 눈으로 실을 꿰고 한 땀 한 땀 정성을 들여 아들의 어깨에 날개를 달아주신다. 내일모레면 기봉 씨는 엄마가 달아준 날개를 달고 20킬로미터를 가뿐하게 달릴 것이다.

“다 됐다.”

엄마에게서 옷을 받아든 기봉 씨는 또 싱글벙글, 벌어진 입이 다물어지지 않는다. 입고 있던 트레이닝복 위에 운동복을 덧입어보곤 좋아서 어쩔 줄을 모른다. 급기야는 장난스럽게 춤까지 춘다. 양다리를 굽힌 채 흔들면서 팬츠 속에 입은 트레이닝복 바지를 잡아당기는 게 영락없는 ‘개다리 춤’이다. 천성이 무뚝뚝한 엄마도 그 모습에는 결국 웃음을 터뜨리고 만다.

“하하하, 어린애 같어.”

재롱부리는 어린 자식을 보듯 엄마는 웃음을 그칠 수가 없다.

“아기야, 아기.”

사십 년 남짓 살아오면서도 세상의 때를 묻히지 않은 천진한 아들.

엄마에게 기봉 씨는 언제나 어린 아들이다.

밤이 오고, 기봉 씨는 일찍 잠자리에 들었건만 도무지 잠이 오질 않는다. 이제야 대회에 나간다는 게 실감이 나는 것 같다. 이장님은 몇 시간 동안 차를 타고 가서 하룻밤을 자고 이틀 뒤에 돌아온다고 했다. 기봉 씨로서는 참으로 낯설고 먼 길이 될 것이다.

그날 밤, 기봉 씨는 꿈을 꾸었다. 묵직한 트로피를 가슴에 안고 금의환향하는 기분 좋은 꿈을. 그리고 그 트로피에는 '일등'이라고 씌어 있었다.

내 생애 최고의 날

드디어 날이 밝았다. 아침 일찍 찾아온 이장님을 따라 기봉 씨는 집을 나선다. 고작 이틀이지만 아주 먼 길을 떠나는 것만 같다. 엄마도 집 앞까지 따라나오며 당부하고 또 당부하신다.

"조심해서 잘 갔다 와."

"오, 옴마, 나 일등 하고 올게."

"기분 좋게 허구, 조심해서 허구 와. 조심해야 혀."

엄마는 일등하라는 말보다는 조심하라는 말만 되풀이하신다. 그만큼 걱정이 크신 것이다.

"응."

이장님을 뒤따라가다가 기봉 씨는 고개를 돌려 뒤를 돌아본다. 엄마가 아직 그 자리에 서 계시다. 기봉 씨는 걸음을 멈추고 한참이나 손을 흔든다. 홀어머니를 두고 천 리 길을 떠나는 자식의 마음으로. 그리고 다시 한 번 다짐한다.

'엄마, 나 잘 뛰고 올게. 일등해서 상금 많이 타갖고 올게. 엄마 다 줄게.'

마을길로 나오자 승합차가 한 대 서 있고, 그 앞에는 마을 사람 여남은 명도 서 있다. 무슨 일이지? 기봉 씨는 의아한 표정으로 그들을 본다. 그때 누군가 소리친다.

"기봉이 파이팅!"

그러자 준비하고 있었던 듯 플래카드를 쫙 펴 보이는 마을 사람들.

'필 엄기봉 전국 마라톤 대회 승'

이장님이 조직한 응원단인 것이다. 대회 장소인 미사리 조정 경기장까지 동행할 마을 사람들. 그 속에는 면장님과 파출소장님의 얼굴도 보인다. 동행은 못해도 마음만은 응원단과 하나여서 이른 아침부터 나와 기봉 씨를 응원하고 있는 것이다.

기봉 씨는 갑자기 스타가 된 기분이다. 그러나 팬들의 기대에 못 미치면 어쩌나, 실망한 팬들이 등을 돌리면 어쩌나 하는 부담감은 그야말로 스타들 얘기일 뿐이다. 입이 귀에 걸리도록 기봉 씨는 이 상황이 마냥 좋기만 하다. 무언가 가슴이 뿌듯하게 차오르는 느낌이 들었다. 혼자가 아니라는 든든함 같은 것이.

기봉 씨의 마음을 읽은 이장님도 오늘의 주인공 못지않게 흐뭇한 표정이다. 마을 사람들도 같이 간다는 말을 해주지 않았던 건 깜짝 선물을 해주고 싶어서였다. 그렇게 함으로써 '이젠 아무도 널 바보라고 생각 안 혀!' 라는 메시지를 전해주고 싶었다. 그래서 승합차를 전세 내고 마을 사람들을 모아 응원단을 조직했다. 커다란 플래카드도 맞추고 면장님과 파출소장님에게 격려의 한 말씀도 부탁했다.

이제 떠날 시간, 또 한 번 결의를 다지고 모두들 승합차에 오른다.

"모두 파이팅!"

이장님은 기봉 씨의 귀 뒤에 멀미약을 붙여준다. 선수의 몸 상태를 관리해 주어야 할 트레이너니까.

기봉 씨 일행은 마침내 목적지에 도착했고, 하룻밤을 묵은 뒤 아침 일찍 대회장으로 향한다. 지난 가을의 고북면 체육대회와는 규모부터 달라서 기봉 씨는 좀 놀란다. 전국에서 약 2,500명의 마라토너들이 참가하는 대회. 일등 트로피를 받으려면 2,499명의 준비된 마라토너들을 능가해야 한다. 게다가 진눈깨비가 흩날리는 추운 날씨에 기봉 씨는 감기 기운까지 있다. 그래도 이장님은 낙관론을 펼친다.

"기봉이는 눈 오고 비 오는 날씨에 컨디션이 좋다고."

이제 몸을 풀 시간. 대회 참가자들 모두 한곳에 모여 스트레칭을 시작하는데, 단상에 올라 스트레칭을 지도하는 사람은 다름 아닌 마라토너 황영조다. 기봉 씨의 눈이 휘둥그레진다. 그동안 열심히 스트레칭을 해온 기봉 씨는 훨씬 유연해진 몸으로 단상 위 황영조 씨의 동작을 따라한다. 마을 사람들도 무리에 섞여 열심히 스트레칭을 한다.

몸 풀기가 끝났다. 이제 기봉 씨는 다른 선수들과의, 무엇보다 자기 자신과의 싸움을 시작해야 한다. 자기 안의 체력과 정신력을 최대한 그러모아서.

"막 달리지 말고 찬찬히. 당황하면 안 된다."

"꼭 등수 들라고 애쓸 것 없어."

"우리가 있으니께 마음 푹 놓고 뛰어."

"평소처럼만 하면 되여."

"긴장하지 말고."

그러나 정작 긴장한 건 응원단인지도 모른다. 이장님과 마을 사람들은 마치 큰 시험장에 자식을 내보내고 기도하는 심정이다. 달리기 하나는 끝내주는 기봉 씨지만, 페이스를 잘 조절해 그 긴 거리를 완주할 수 있을지 걱정이 된다. 옆에서 코치해 주던 이장님도 이번에는 같이 달려줄 수 없다. 기봉 씨가 과연 잘 해낼 수 있을까?

탕!

출발을 알리는 신호와 함께 기봉 씨는 힘차게 발을 내디딘다. 응원단은 플래카드를 들고 나란히 서서 함성을 지른다.

"기봉이 파이팅!"

모두 네 바퀴를 뛰어야 하는 가운데 첫 바퀴째. 기봉 씨는 선두 그룹에 끼어 잘 달리고 있다. 곧이어 트랙 저쪽으로 그의 모습이 멀어져 가고 응원단의 고개도 기봉 씨의 뒷모습을 따라 일제히 돌아간다. 얼마나 시간이 흘렀을까. 다시 기봉 씨의 모습이 나타난다. 이제 두 바퀴째, 기봉 씨는 중간 그룹에 속해 있다. 속도가 점점 처지는 것 같다. 벌써 지친 모습이 역력하다. 감기 기운 때문일지도 모른다. 아니면 긴장 때문일까. 예상보다 빨리 힘겨워하는 기봉 씨의 발걸음은 천근만

근이다. 하지만 기봉 씨는 해낼 것이다. 기봉 씨는 지금 목표를 향해 힘든 고비를 넘고 있다. 기봉 씨는 오직 한 가지 생각밖에 없다. 결코 포기하면 안 된다는 것. 결과야 어떻든 끝까지 한번 뛰어보겠다는 것.

마을 사람들은 입이 마르고 애가 탄다. 과연 완주할 수 있을까? 지금 상태로 보아선 금방이라도 쓰러질 것만 같다. 하지만 이제 겨우 반을 뛰었을 뿐. 아직 희망은 있다. 이제 세 바퀴째. 마을 사람들의 걱정이 환호로 바뀐다. 비록 선두 그룹에는 못 끼었지만 지친 기색은 한결 덜하다. 포기하지 않고 힘차게 뛰는 기봉 씨의 모습에 주위에서도 대단하다는 반응이다. 잘 한다는 소리 한 번 들어보지 못한 기봉 씨가 많은 사람들로부터 찬사를 받고 있는 것이다.

마지막 네 바퀴째. 마을 사람들은 기봉 씨 모습이 나타나기만을 애타게 기다린다. 마음은 기봉 씨와 함께 달리고 있는 이장님도 초조하기만 하다. 마침내 애타는 마을 사람들 눈에 결승점을 향해 달려오는 기봉 씨 모습이 보인다. 그리고 보란 듯이 결승점을 넘어 들어오는 기봉 씨의 당당한 모습.

"들어왔어! 기봉이가 완주를 했어!"

마을 사람들은 누가 먼저랄 것도 없이 기봉 씨에게 달려가 헹가래를 해준다.

"우리 기봉이 잘 했어!"

어느덧 이장님의 눈에는 뜨거운 것이 고인다. 프로에 가까운 마라토녀들 속에서 기봉 씨는 117등을 했다. 그리고 무엇보다 완주를 했다. 장애를 딛고 뭇사람들의 동정과 염려를 넘어 자신과의 싸움에서 그는 승리했다. 손등으로 슬쩍 눈가를 훔치며 이장님이 묻는다.

"소감이 워뗘?"

"좋아. 나, 나, 나 했어. 내가 했어."

"그려. 기봉이가 해냈어."

"해, 해, 해냈어, 기봉이 해냈어."

"누가 뭐라 해도 니가 일등이여."

두 사람의 모습을 바라보는 마을 사람들의 눈에도 눈물이 고인다. 지난 몇 달 동안 기봉 씨와 이장님이 함께 달리는 모습을 매일 보아온 마을 사람들. 그들은 이 대회를 위해 두 사람이 얼마나 많은 연습을 했는지 누구보다 잘 알고 있었다.

기봉 씨는 지친 듯 눈을 감는다. 그러자 활짝 웃는 엄마의 얼굴이 떠오른다.

'엄마, 내가 일등이래!'

오늘도 달린다

대회가 끝난 후 기봉 씨 일행은 기분 좋게 마을로 돌아왔다. 기봉 씨는 집을 향해 또 뛰기 시작하고, 마을 사람들도 기봉 씨를 따라 발걸음을 옮긴다.

"아이구, 기봉이 왔냐?"

기다리고 있을 엄마를 얼른 보고 싶어 마을길을 숨 가쁘게 달려왔는데, 막상 엄마 얼굴을 보니 기봉 씨는 아무 말도 나오지 않는다. 엄마한테 일등 트로피를 안겨 드리지 못해서 면목이 서질 않는 것이다. 기봉 씨는 그저 묵묵히 가방을 내려놓고 외투를 벗어 벽에 걸기만 한다. 기봉 씨가 말이 없자 엄마는 직감으로 물으신다.

"지쳐갖고 일등 못 갔어?"

"가, 가, 갔어."

기봉 씨는 그만 거짓말을 하고 만다.

"야, 기봉이 장하다. 일등 갔으면 감사하다."

엄마의 얼굴이 환해지면서 목소리도 한 톤 높아지신다. 그때 이장님과 마을 사람들이 방 안으로 들어온다.

"다녀왔슈."

　이장님은 완주 기념 메달과 주최 측에서 전달한 약간의 격려금, 그리고 선물을 내민다. 이장님은 엄마의 목에 메달을 걸어드리고, 메달을 쓰다듬으며 엄마가 또 묻는다.

　"일등 갔슈?"

　"일등 했슈. 아주 잘 뛰었슈."

　그제서야 엄마는 소리 내어 크게 웃으신다. 아주 기뻐하신다.

　"아주 꼴찌 가는 중 알았어, 난. 여러분들 이렇게 갔는데 꼴찌 하문 기분 나쁘지. 안 돼."

　늘 달리기만 하는 아들에게 핀잔만 했었는데, 그 달리기로 일등을 했다니 엄마는 아들이 대견하기만 하다. 장애를 가진 아들 때문에 애태우던 날들이 얼마였던가. 부족한 자식이 가장 큰 효도를 한 셈이다.

　"엊저녁에 걱정 많이 했쥬?"

　"꼴찌 가는 중 알았슈. 근력 없어서."

　"어매 덕에 일등 했잖아유."

　이장님은 다시 한 번 기봉 씨가 일등을 했음을 강조한다. 왜 사실대로 말하지 않느냐고 누가 묻는다면 이장님은 이렇게 대답했으리라.

　"일등 했으니까 일등 했다구 하지. 기봉이가 일등이여. 아주 자랑스러워. 힘들다고 중간에 그만둬 버리면 어쩌나, 빨리 갈라구 무리하다가 픽 쓰러지면 어쩌나 얼매나 걱정했는 중 알어. 20키로가 장난인감? 골인했다는 거, 2,500명 중에 117등 했다는 거 대단한 거여. 성한 사람도 힘든 게 마라톤 아녀. 기봉이가 다 뛰고 하는 말이 한 바퀴 또 뛸 수 있댜. 기봉이한테는 일등이여. 늠름하게 골인했으니께 일등이여. 기봉이 덕분에 마을에는 경사가 났어. 잔치라도 해야 할 판이여.”

돌아가기 전, 이장님은 기봉 씨에게 손을 내민다.

“자. 악수 한번 하고. 오늘 수고 많이 했어, 애썼어, 잉?”

“예.”

이장님과 마을 사람들이 돌아가고, 기봉 씨는 베개맡에 메달을 놓아둔 채 단잠에 빠져든다. 곤한 잠 속으로 빨려 들어가며 기봉 씨는 생각한다.

엄마가 많이 웃었다. 성공이다.

얼마 후, 기봉 씨는 또 한 번의 도전을 한다. ‘제2회 이봉주 훈련 코스 전국 마라톤 대회.’ 한국 최고의 마라토너 이봉주가 훈련하는 코스를 따라 기봉 씨는 또다시 20킬로미터를 달렸다. 경북 고성에서 열린 그 대회에서도 기봉 씨는 완주 메달을 받았다. 입상은 못했지만 지난번보다 향상된 기록은 소중한 수확이었다.

두 번의 마라톤 대회를 치른 겨울이 가고 어느덧 기봉 씨가 제일 좋아하는 봄이 돌아왔다. 꽃피는 4월, 태안의 안면도에서는 꽃 축제가 한창이라 했다. 꽃 축제를 기념하는 하프 마라톤 대회도 열렸다. 그 대회에서도 기봉 씨는 사람들의 박수갈채를 받으며 늠름하게 골인을 했다. 그리고 엄마에게 또 한 번 완주 메달을 걸어드릴 수 있었다.

한 달 후, 푸릇푸릇한 5월에는 장애인 마라톤 대회에도 출전했다. 23회째를 맞는 전국 장애인 체육대회의 마라톤 부문이었다. 전국 16개 시·도에서 1,500여 명의 선수들이 참가한 체육대회는 천안과 아산 및 공주의 경기장에서 사흘간 열렸고, 선수들은 모두 17개 종목에 걸쳐 그동안 갈고닦은 기량을 선보였다. 기봉 씨도 전국의 선수들과 어깨를 겨루며 실력을 발휘했다. 기봉 씨에게는 여러 가지로 특별한 대회였다.

개막식이 열린 5월 14일, 천안 종합 운동장. 전라북도 선수단을 선두로 충청남도 선수단까지 입장하면서 대회의 막이 올랐다.

"제23회 전국 장애인 체육대회 개회를 선언합니다."

보건복지부 장관의 개회 선언이 이루어지면서 하늘 높이 대회기가 올라갔다. 그리고 성화를 들고 달려오는 마라토너 이봉주의 모습이 보였다.

마을 사람들은 기봉 씨에게 이봉주 부럽지 않은 마라토너라고 칭찬을 해주곤 했다. 이봉주 선수는 어느덧 기봉 씨의 우상이 되었고, 텔레비전에 그가 나올 때마다 마치 아는 사람을 보듯 친근감이 들곤 했다. 기봉 씨는 가슴이 마구 뛰었다. 그 이봉주 선수가 자신을 향해 달려오고 있었다. 오른손에 성화를 들고 사람들의 열렬한 환호를 받으며.

이제 이봉주 선수는 기봉 씨의 바로 앞에 와 있었다. 그리고 독립기념관에서 채화된 성화를 넘겨주었다. 잠깐 눈이 마주쳤을 때 기봉 씨

꽃 피는 4월에는 하프마라톤 대회,
푸릇푸릇한 5월에는 장애인 마라톤 대회에서도
엄마에게 완주 메달을 걸어드릴 수 있었다.

는 이봉주 선수를 향해 환하게 웃었다. 그리고 성화를 넘겨받았다. 기봉 씨는 성화대로 한 걸음 다가가 점화를 했다. 모두가 지켜보는 가운데 실수 없이 당당하게. 왠지 어깨가 으쓱해졌다.

선수단 선서가 이어지고 국무총리의 축사가 시작되었다.

"이번 대회를 계기로 전국의 장애인들이 '나도 할 수 있다' 는 자신감을 갖기 바랍니다."

기봉 씨도 그동안 마라톤을 하면서 자신감을 많이 얻었다. 마라톤은 그의 인생을 바꿔 놓았다. 엄마는 웃는 일이 많아졌고, 마을 사람들은 전보다 친절해졌다. 낯선 사람들도 찾아와 이것저것 물어보고 사진을 찍어가곤 했다. 알아보는 사람도 많아졌고 심지어 텔레비전에 나오기까지 했다. 텔레비전에서 자신을 보다니. 정말 커다란 변화였다.

그러나 무엇보다 큰 변화는 자신감을 갖게 되었다는 점이다. 꿈을 갖게 되고 희망을 품게 되었다. 기봉 씨는 자신이 무언가가 될 수 있다고 생각해 본 적이 없었다. 자신은 남보다 잘 하는 게 없다고 알고 있었다. 기봉 씨는 "난 몰러. 내가 뭘 아나. 아무것도 몰러"를 입에 달고 살았고, 그래서 자신이 받는 부당한 대접을 부당하다고 생각하지도 않았다. 남들이 말하듯 자신은 모자란 사람이었다. 정상인이 아니었다.

하지만 마라톤을 시작하면서부터 기봉 씨는 달라졌다. 자기 자신을 사랑하게 되었고, 그만큼 다른 사람들도 더 사랑하게 되었다. 뛰고 싶으면 뛰고 힘들면 멈추는 게 아니라 끝까지 최선을 다해 뛰면서, 그만 주저앉고 싶은 순간을 극복하고 스스로를 다잡으면서, 자신과 끊임없이 싸우면서, 그의 내면에는 보이지 않는 변화가 일어났다. 내가 해냈다는 자부심. 내가 못할 게 무어냐는 자신감.

부쩍 기력을 잃어가는 엄마는 기봉 씨를 두고 먼저 세상을 떠나실 것이다. 언젠가 그런 날이 올 것이다. 기봉 씨도 그걸 잘 안다. 하지만 마라톤이 있기에, 달릴 수 있기에, 살아갈 힘을 얻을 거였다. 그것은 기봉 씨를 마라톤의 길로 안내한 이장님의 속내이기도 했다.

참으로 특별했던 전국 장애인 체육대회. 기봉 씨는 이번에도 당당히 골인을 해 금의환향했다.

배가 아파

그날도 이장님은 기봉 씨와 나란히 오토바이로 달리고 있었다. 이제 기봉 씨는 제법 속도를 조절할 줄도 알고 체력을 안배할 줄도 알았다. 초반에 무리하게 뛰다가 후반에 지치고 마는 일도 없었다. 힘들다며 갑자기 멈춰 서지도 않았다. 이장님은 그런 기봉 씨가 대견하기 이를 데 없다.

그런데 그때까지 잘 달리던 기봉 씨가 갑자기 멈추더니 배를 움켜쥔다.

"기봉아, 왜 그랴?"

"아, 아, 아퍼."

"워디가?"

"배, 배."

"많이 아퍼?"

"마, 마, 많이 아퍼."

평소 기봉 씨가 위장이 좋지 않다는 건 알고 있었지만 이렇게 배를 움켜쥐고 통증을 호소했던 적은 없던 터라 이장님은 덜컥 겁이 났다. 이러다 쓰러지는 건 아닌지, 큰 병은 아닌지, 혹시 마라톤이 병을 키우고 악화시킨 건 아닌지, 짧은 순간 숱한 생각들이 스쳐 지나갔다. 당장 병원에 데리고 가야겠다는 데까지 생각이 미치는데, 기봉 씨는 어느새 멀쩡한 얼굴이 되어 다시 달릴 준비를 하고 있다. 그 모습을 보고 이장님은 한숨을 쉰다.

"오늘은 연습 끝이여. 당장 서산 가자."

"왜?"

"병원 가게."

"……."

"아프대며. 가서 검사 한번 받아보자. 검사 잘 받아야 달리기도 잘 한다, 잉?"

"예."

그렇게 해서 오게 된 병원이었다. 어제는 와서 내시경 검사 예약만 했고, 검사를 위해 기봉 씨는 줄곧 굶어야 했다. 그리고 지금은 생전 처음 내시경 검사를 받으면서 고역을 잘 참아내고 있다. 내시경 검사가 계속되는 동안 이장님은 초조하게 모니터를 바라본다. 드디어 검사가 끝나고, 의사 선생님은 기봉 씨와 이장님을 앉혀놓고 충격적인 이야기를 한다.

"위장에 혹이 하나 있어요."

이장님 가슴이 철렁 내려앉는다. 기봉 씨도 눈을 동그랗게 뜨고 의사 선생님의 다음 말만 기다린다.

"용종이라고, 작은 혹이 있네요. 보기에는 괜찮은데 혹시 모르니까 조직검사를 해보죠. 결과는 일주일 뒤에 나올 겁니다. 다른 데 특별한 이상은 없습니다."

이장님은 '괜찮아 보이는' 작은 혹 하나 말고는 특별한 이상이 없다는 의사의 말에 일단 안심이 된다. 말은 안 해도 검사 결과가 궁금할 기봉 씨에게도 안심을 시킨다.

"아무렇지도 안 해. 괜찮댜."

기봉 씨와 함께 집에 와서는 어머니에게도 결과를 보고한다.

"검사 다 받아봤슈. 괜찮대유. 아픈 데 없뎌."

그러나 엄마의 얼굴은 환해지지 않는다. 근래 들어 아들은 속이 아프다며 밥도 많이 먹지 않으려 하고, 요구르트나 두유 같은 음료만 찾았다. 아들은 아픈 것이다.

이장님이 돌아가고, 엄마는 어제부터 굶은 아들을 위해 서둘러 밥상을 차려주신다. 그리고 퉁명스레 던지는 한마디.

"퍽퍽 먹어."

뭐든지 엄마부터 챙기는 기봉 씨라, 엄마는 아들의 마음을 알아차리고 덧붙이신다.

"난 먹었어."

기봉 씨는 다른 반찬에는 손도 대지 않고 미역국 한 가지에 밥을 말아 열심히 숟가락질을 한다. 워낙 가난하게 자란 터라 소박한 밥상에 익숙한 기봉 씨는 아무리 반찬이 많아도 한두 가지에만 손을 댈 뿐이다. 기봉 씨에게는 많은 반찬이 오히려 부담스럽다. 젓가락도 필요 없다. 숟가락으로만 하는 식사가 남들 보기엔 어색할지 몰라도 기봉 씨는 충분히 익숙하다.

사실 기봉 씨는 젓가락질을 하지 못한다. 손가락이 굽어 있어 숟가락을 쥐는 방법도 남들과는 많이 다르다. 무슨 까닭인지 어려서부터 손가락이 잘 펴지지 않았는데 지금은 많이 좋아진 편이다.

달게 밥을 먹은 뒤 기봉 씨는 병원에서 받아온 한 꾸러미의 약을 꺼내 보인다.

"옴마. 약, 내 약."

약도 먹기 전인데 엄마는 꾸중부터 하신다.

"대강대강 먹지 말고 똑똑히 먹어. 먹는 둥 마는 둥 하지 말고."

그 많은 약들을 보자 엄마는 속이 상하신 것이다. 아들이 아픈 게 다 당신 탓인 것만 같다. 엄마는 아들의 위장병이 어려서 아무것이나 주워 먹던 습관 때문이라고 믿고 계시다. 너무나 가난해 입 하나만 덜어도 훨씬 수월했던 시절, 기봉 씨는 다른 동네에서 남의집살이를 꽤 오랫동안 했다.

그때만 해도 장애인에 대한 편견은 지금에 비할 바 안 되게 심해서 기봉 씨는 참 고단한 세월을 살았다. 금방 먹고 돌아서도 또 배고플 나이, 한창 잘 먹을 시기에 기봉 씨는 늘 배를 곯았다. 게다가 허리 펼

새도 없이 일을 해야 했으니, 고봉으로 밥을 먹어도 모자라는 게 당연했다. 그러나 주인은 필요한 만큼 충분하게 먹을 것을 주지 않았다. 기봉 씨는 늘 허기졌고 눈에 보이는 것은 죄다 주워 먹기 시작했다. 풀도 뽑아 먹고 흙도 파서 먹었다. 상한 음식도 개의치 않았다.

가난이 죄였다. 엄마는 부모 잘못 만난 죄라고 생각하셨다. 아무것도 해주지 못한 당신을 탓하셨다. 내색은 안 해도 그것이 엄마의 마음이었다. 엄마는 아들이 속을 버린 게 안쓰럽고 화가 난다. 잘 먹이지 못한 게 한이 된다. 어쩌다 양껏 먹을 수 있을 만큼의 음식이 생기면 아들은 폭식을 하곤 했다. 그런 습관들이 쌓여 위장병이 생겼을 것이다.

기봉 씨가 엄마의 눈치를 본다.

"옴마, 옴마."

"왜."

"안 아퍼. 나, 나, 나 안 아퍼."

"……."

"괜찮터."

"약이나 잘 먹어."

일주일 뒤, 조직검사 결과가 나왔다. 다행히 아무 이상이 없다고 했다. 의사 선생님은 적당량의 규칙적인 식사를 강조했고, 착한 기봉 씨는 의사 선생님 말대로 많이 먹지 않으려고 노력했다. 기봉 씨는 엄마를 위해서 하루 빨리 건강해지고 싶었다.

2장

엄마 죽으면 어떡해

솔숲 지나 삼밭이 나오면

기봉 씨가 살고 있는 마을에 처음 들어서는 사람이라면 누구나 붉은 빛이 짙은 황토에 깊은 인상을 받는다. 해마다 윤기 흐르는 딸기가 자라고 포슬포슬한 감자알이 굵어가는 곳. 딸기와 감자는 느타리버섯, 총각무와 함께 이 고장의 특산물이다. 그러나 농사 하면 역시 벼농사를 제일로 치지 않던가. 비옥한 황토에서 자란 이곳 쌀은 밥맛이 좋기로 유명하다.

기봉 씨의 아버지도 농사를 지으셨다. 비록 남의 땅에 짓는 소규모 농사였지만 그 땅에 벼를 심고 거둬 부모를 공양하고 자식들을 키웠다. 식구는 많고 수확은 적어 언제나 가난한 살림이었어도 그때가 좋았다.

기봉 씨가 채 열 살이 되기도 전에 아버지는 가족을 남겨둔 채 먼저 세상을 뜨셨다. 아버지가 돌아가시자 땅 주인은 더 이상 땅을 빌려주지 않았고, 벼농사를 지을 수 없게 된 기봉 씨네 살림은 더더욱 옹색해졌다. 전에는 돈은 없어도 쌀이 있었기에 든든한 날들이었다면, 이제는 쌀도, 그렇다고 돈도 있을 리 없는 날들이었다.

끼니를 해결하기조차 버거운 삶 속에서도 기봉 씨와 형제들은 착하게 자랐다. 그들이 차례차례 집을 떠나 따로 가정을 꾸리면서 집에는 기봉 씨와 엄마 단 둘만 남았다. 한때는 아이들로 북적거렸던 집. 하지만 이젠 두 모자만이 서로 의지하며 오래된 외딴집에 살고 있다.

세월의 풍상을 겨우 견디고 있는 기봉 씨의 집에 들어서면 제일 먼저 허물어진 담벼락이 눈에 들어온다. 몇 년 전 여름, 큰 장마가 졌을 때 거짓말처럼 한순간에 무너져 내리고 말았다. 다음 해 장마엔 지붕 한켠까지 내려앉았다. 다행히 기봉 씨가 자고 있던 윗방과 엄마가 주무시던 안방이 아니었지만, 그날 놀란 가슴은 오래도록 진정 되지 않았다.

지붕이 무너진 그 방은 기봉 씨네 집에서 가장 흉물스러운 모습을 하고 있다. 철거중인 건물처럼 철근과 콘크리트가 드러나 있고 바닥에는 잡초가 무성하다. 마을 사람들과 면사무소의 도움으로 겨우 수습을 하고 슬레이트 지붕도 새로 얹었지만, 지금 사용하고 있는 방 두 칸도 무너지지 않으리란 보장은 없다. 이장님은 그게 늘 걱정이다.

이장님은 기봉 씨의 집만 생각하면 심란해진다. 여름이면 집이 무너질까 걱정이고 겨울이면 불이라도 날까 노심초사한다. 화재는 언제라도 날 수 있는 사고이다. 깜빡깜빡 잘 잊는 기봉 씨가 실수로 불을 내기라도 한다면 어쩔 것인가. 119에 전화는 할 수 있을까. 기봉 씨네 집에는 면사무소에서 설치해 준 전화가 한 대 있지만 수신 전용이나 다름없다. 기봉 씨는 아직 전화 거는 법을 익히지 못했다. 이장님이

끼니를 해결하기조차 버거운
삶 속에서도 기봉 씨와
형제들은 착하게 자랐고,
그들이 차례차례 집을 떠나
따로 가정을 꾸리면서 고향에는
기봉 씨와 엄마 단 둘만 남았다.

몇 번인가 가르쳐 주었지만 그때뿐, 금세 잊어버리고 만다.

화재를 신고해 줄 이웃도 없다. 외따로 떨어져 있는 기봉 씨네 집은 꼭꼭 숨어 있는 것만 같다. 다행히 화재 신고가 되어 소방관들이 온다 해도 소방차가 들어올 수 있는 길이 없다. 참으로 난감한 노릇이다. 자나 깨나 불 조심하고 꺼진 불도 다시 보라고 귀에 못이 박이도록 잔소리를 하는 수밖에. 그래서인지 기봉 씨는 불에 민감하다. 누가 담배라도 피우면 불이 난다고, 그러니 조심하라는 훈계를 잊지 않는다.

이장님의 바람은 반듯하고 튼튼한 컨테이너 박스라도 하나 세울 수 있었으면 하는 것이다. 하지만 기봉 씨네 집은 시유지 위에 세워진 무허가 가옥. 워낙 오래전부터 그 자리에 터를 잡고 살아온 터라 함부로 퇴거 명령을 못 내릴 뿐, 시의 입장에서 보면 엄연한 무단 점유다. 사유지라면 땅 주인의 인정을 기대해 볼 수도 있겠지만, 국가 소유의 땅이기에 집을 허물고 컨테이너 박스를 들여놓기가 오히려 어렵다. 의사결정 구조가 복잡하고, 누구 한 사람 마음대로 어떻게 할 수 없는 국가 재산이기 때문이다.

그러나 기봉 씨와 엄마는 지붕도 새로 해주고 기름 보일러도 놓아주고 이동식 화장실도 세워주었다고 늘 고마워한다. 보일러를 놓기 전에는 땔나무를 하러 가는 게 큰 일이었다. 여름 한철을 빼곤 늘 산으로 올라가 마른 낙엽과 나뭇가지를 주워 지게 한가득 지고 내려오곤 했는데, 기름보일러를 놓으면서 기봉 씨의 일이 한결 줄어들었다.

　이젠 낡고 허물어진 집. 그러나 두 모자에게 이보다 소중한 공간은 없다. 낡은 대로, 허물어진 대로 그동안의 세월이 고스란히 묻어 있는 집일 뿐더러 천성이 부지런하고 꼼꼼한 기봉 씨의 손길이 곳곳에 배어 있는 집이기 때문이다.

　얼핏 보면 어수선하고 엉성하지만 조금만 주의를 기울여 보면 나름의 질서대로 정리정돈이 잘 되어 있는 기봉 씨네 집. 전화기는 깨끗한 수건에 덮여 고이 놓여 있고, 검은 비닐봉지에 들어가 있기는 해도 옷가지는 종류별로 분류되어 옷장에 잘 정리되어 있다. 벽에 붙어 있는 옷걸이에도 검은 비닐봉지가 나란히 걸려 있다. 그 안에는 기봉 씨만 아는 분류법으로 갖가지 물건들이 들어 있어서 언제든지 필요한 물건을 꺼내 쓸 수 있다. 바닥에 늘어놓은 듯 보이는 부엌살림들도 모두 그 자리에 그런 모습으로 놓여 있는 이유를 갖고 있다.

　화장실 관리도 기봉 씨 몫이다. 문이 떨어져 나가 앞이 훤히 트인 화장실에 바람도 막을 겸 해서 파란 비닐로 장막도 쳐놓았다. 노란 플라스틱 바구니 안에 두는 두루마리 화장지도 기봉 씨가 새로 갖다 놓고, 화장실이 차면 퍼내는 것도 기봉 씨가 직접 한다.

　기봉 씨는 언제까지나 이 집에서 엄마랑 오순도순 살 수 있었으면 좋겠다. 남의집살이를 하던 시절, 엄마가 계시는 집이 얼마나 그리웠던가. 엄마가 있는 정겨운 우리 집. 아무리 오래되어 낡고 허물어진 집이라도, 사방이 뚫려 있어 겨울에는 춥기 이를 데 없는 집이라도,

변변한 가구 하나 없는 초라한 집이라도, 깨끗한 수세식 화장실과 뜨거운 물이 펑펑 나오는 수도를 갖지 못한 집이라도, 방에서 나와 신발을 신고 들어가야 하는 부엌밖에 없는 집이라도, 기봉 씨는 집이 있어서 너무나 좋다.

좋은 집에서 살아본 적도, 부잣집에서 호강을 해본 적도 없지만 기봉 씨는 그런 삶이 부럽지 않다. 그는 이미 충분히 만족하기 때문이다. 그는 단순한 사람이기 때문이다. 다른 사람들처럼 소유하지 못한 것에 집착하지 않기 때문이다. 기봉 씨의 눈에는 있는 것만 보이지 없는 것은 보이지 않기 때문이다.

기봉 씨는 엄마가 있는 이 집이 너무 좋다. 다만 큰비가 올 때마다 집이 무너질까 걱정하지만 않게 되었으면 좋겠다.

생명 있는 것은 모두 소중해

새벽부터 함박눈이 펑펑 쏟아져 내리던 날이었다. 그날따라 일찍 눈이 떠지더라니, 마당으로 나오자 온 세상이 하얗게 지워져 있었다. 공기도 살을 에는 듯 차디찼다.

"나, 날이 얼매나 추워야지."

방 안으로 들어가 다시 이불 속에 몸을 묻고 싶지만 기봉 씨는 얼른 싸리비를 찾아 들고 눈을 쓸기 시작한다.

"어, 어, 얼면 안 뎌. 넘어지면 아, 아퍼. 옴마 아퍼."

기봉 씨는 혼잣말을 중얼거리며 열심히 마당을 쓴다. 이동식 화장실로 이어지는 길도 빼놓지 않고 싹싹 쓴다. 흰 눈 위에 선명하게 길이 나기 시작한다.

엄마가 계시지 않았다면 기봉 씨가 이렇게 열심히 눈을 치우지는 않았을 것이다. 눈이 쌓이든 말든 땅이 얼어붙든 말든, 뜨듯한 아랫목에 누워 해가 중천에 뜨기만 기다렸을 것이다. 하지만 기봉 씨는 마을의 제일가는 효자, 혹시라도 엄마가 미끄러지실까 봐 눈이 내리는 날은 몸도 마음도 바쁘다.

어지간히 눈을 치운 기봉 씨는 부엌으로 들어가 군불을 지핀다. 새로 놓은 기름보일러가 있지만 물을 데울 때는 여전히 아궁이가 유용하다. 기봉 씨는 따뜻한 불 기운을 기분 좋게 느끼며 눈을 쓰느라 젖어버린 신발을 벗는다. 털 달린 검정 고무신을 벗자 버선이 나오고 그 안에는 또 양말이 있다. 발에 겹겹이 덧신는 건 어려서부터의 습관이다. 방한화는커녕 검정 고무신 한 켤레가 유일한 신발이었던 때, 발이 시리면 양말을 덧신는 수밖에 없었다. 스스로 터득한 겨울나기 생존 전략이었다.

기봉 씨는 신발과 양말을 말리고 맨발을 뻗어 발을 녹인다. 꽁꽁 언 손도 녹이고, 얼굴은 발갛게 상기된다. 어느새 몸이 따뜻해진다. 부뚜막 위의 양은솥도 물 끓는 소리를 내기 시작한다. 기봉 씨는 얼른 신발을 신고 솥에서 물을 퍼 세숫대야에 담고 온도를 가늠하기 위해 손가락을 넣어본다.

"앗, 뜨, 뜨."

찬물을 섞어 알맞게 더운물을 만들어선 툇마루로 가져간다.

"옴마, 옴마. 무, 물."

이윽고 방문이 열리고 엄마가 나오신다.

"다 되얏어?"

"어. 안 차거."

아들이 대령한 더운물로 엄마는 세수를 하시고, 그 모습을 잠깐 지켜보다가 기봉 씨는 부엌으로 들어가 자신도 아침 세수를 한다.

기봉 씨의 겨울 일과는 언제나 이렇게 시작된다. 누가 시켜서 하는 일도 아니고, 억지로 한다고 되는 일도 아니다. 물론 효자라는 칭찬을 받기 위해 하는 일도 아니다. 그저 좋아서 하는 일이다.

아침 댓바람부터 눈을 쓸었더니 다른 날보다 시장기가 더 느껴진다. 엄마도 다른 날보다 일찍 아침식사를 준비하신다. 이윽고 국 냄비를 들고 방으로 들어오시는 어머니. 뚜껑을 열어보니 소고기를 넣은 미역국이 들어 있다. 그제서야 기봉 씨는 오늘이 자신의 생일임을 깨닫는다. 엄마는 잊지 않고 아들의 생일을 챙겨주셨다.

평소엔 된장찌개에 김치만 놓고 먹는 아침식사였는데, 오늘은 고깃국에 생선구이까지 올라온 진수성찬이다.

"귀 빠진 날인께 많이 먹어."

"마, 많이 먹으면 안뎌. 의, 의사. 병원."

"그려."

그러면서도 엄마는 당신의 국그릇에서 고기를 건져 아들의 국그릇으로 옮겨놓으신다.

축하 노래도, 선물도, 케이크도 없는 생일이지만 기봉 씨는 이미 충분히 행복하다. 자신의 생일을 기억해 주는 단 한 사람, 엄마가 곁에 계시기에.

아침식사를 마쳤으니 이젠 강아지들에게도 밥을 줄 시간이다. 기봉 씨는 밥상을 치우는 척 엄마 몰래 남은 고깃국에 재빨리 밥을 만다.

그러고는 개 밥그릇 두 개에 차례로 고깃국을 부어 준다.

"먹어. 고, 고기."

기봉 씨는 맛나게 고깃국을 먹는 누렁이와 검둥이를 흐뭇하게 바라보며 서 있다. 그러면서도 한편으로는 조마조마하다.

"빠, 빨리 먹어."

기봉 씨의 눈길이 자꾸 방 쪽으로 향한다. 엄마가 나오시면 큰일이다. 지난해 생일에도 강아지한테 고깃국을 먹이다가 아침부터 단단히 혼이 났었다.

"사람도 못 먹는 괴기를 왜 개한테 주냐! 너 먹으라고 끓여줬지 개 주라고 한 중 알어!"

엄마의 말뜻을 모르는 건 아니지만 기봉 씨는 누렁이와 검둥이한테도 따뜻한 고깃국을 먹이고 싶었다. 키우는 강아지들을 나 몰라라 하고 어떻게 혼자만 맛있는 걸 먹는가. 또 오늘이 아니면 언제 고깃국을 맛보는 호강을 하랴.

평소에도 기봉 씨는 누렁이와 검둥이를 살뜰히 챙긴다. 아침저녁으로 시간 맞춰 밥을 주고, 수시로 마실 물을 갈아주고, 배설물을 치우는 일을 그는 한 번도 귀찮게 여긴 적이 없다. 강아지들이 추워할까 봐 겨울이면 개집을 몇 겹으로 꽁꽁 싸놓고, 여름이 오면 그늘 밑으로 개집을 옮겨놓아 덥지 않게 해준다. 그래서 밖에서 키우는 못생긴 잡종견 두 마리는 수십만 원 하는 몸값에 집 안에서 곱게 크는 도시의

"개, 개도 다 알어. 멍멍 짖는 게 애, 애기하는 거여.
잘해줘야혀." 기봉 씨는 누렁이와 검둥이를 위해서
무언가를 한다는 일이 기쁘고 행복하다.

애완견들이 전혀 부럽지 않다.

기봉 씨는 누렁이와 검둥이를 끔찍이 위한다. 하찮은 짐승이라고 홀대하지도, 아무것도 모르는 미물이라고 업신여기지도 않는다. 기봉 씨는 말한다.

“개, 개도 사람이여. 다 알어. 멍멍 짖는 게 애, 얘기하는 거여. 잘해 줘야 혀.”

누렁이와 검둥이는 사람이고, 친구이다. 적어도 기봉 씨에게는 그렇다. 사람도 동물도 똑같은 생명이기에 기봉 씨는 엄마에게도 강아지들에게도 다 같이 정성을 들인다. 그들을 위해서 무언가를 한다는 일이 기쁘고 행복하다.

누가 가르쳐 주지 않았어도, 스스로 그렇게 생각해 본 적은 없어도, 기봉 씨는 알고 있다. 모든 생명은 소중하다는 것을. 생명을 가진 한 하찮은 존재란 없다는 것을.

바늘 가는 데 실 가듯

　기봉 씨가 사는 마을에는 오전 열 시와 오후 여섯 시, 하루에 두 차
례만 버스가 들어온다. 그래서 기봉 씨는 아홉 시 반이 채 못 되어 집
을 나선 참이다. 버스 정류장까지 걸어가려면 십오 분쯤 걸리지만, 행
여 놓치면 다음 버스는 저녁에나 오기 때문에 넉넉히 시간을 잡고 나
선 길이다. 다른 때 같으면 신작로까지 달려가 이십 분에 한 대씩 있
는 직행버스를 타겠지만 오늘은 그럴 기운이 없다.
　기봉 씨는 감기에 걸렸다. 기침도 나고 머리도 어지럽다.
　"어, 어제, 내가 나가지 말랬지. 옴마가 그려."
　감기 걸려 힘들어하는 아들의 모습에 속이 상한 엄마가 "그러니께
어제 내가 나가지 말랬지"라고 꾸중하셨던 모양이다.
　"어, 어제 막 뛰었어. 뺑 뺑 돌아서 따, 땀 많이 났어."
　추운 날씨에 땀을 뻘뻘 흘리며 뛰다가 바로 감기가 들어버렸다.
　겨울이면 언제나 그렇듯이 기봉 씨는 단단히 무장을 하고 길을 나
섰다. 게다가 감기까지 걸렸으니. 장날에 칠천 원을 주고 산 털모자는
귀마개와 마스크가 딸려 있어서 엄동설한 칼바람에도 얼굴이 시리지
않고, 털 고무신 안에는 버선에 양말까지 신었다. 얼마나 껴 입었는지

걷는데 땀까지 난다.

버스 정류장에 도착하고 오 분쯤 지나자 마을 아주머니 두 분이 차례로 나타난다. 기봉 씨가 꾸벅 인사를 한다.

"기봉이 워디 가냐?"

"해, 해미."

"왜?"

"벼, 병원."

"어디 아퍼?"

"가, 감기. 오래 가. 빨리 가야 돼."

구불구불한 마을길 저만치에 버스가 들어오는 모습이 보인다. 너른 들판, 드문드문 모여 있는 집들, 눈앞에 움직이는 것이라고는 천천히 달려오는 버스뿐 겨울 들판은 고요하다.

버스에 오르니 마을 사람들이 다 모인 것 같다. 승객 대부분이 여자 노인들인 버스는 이미 좌석이 꽉 차서 기봉 씨는 문 앞에 서서 손잡이를 붙잡는다. 그리고 인사를 하느라 정신이 없다.

"어매는?"

"집. 집에."

버스는 마을길을 돌아나와 신작로로 접어들고, 기봉 씨는 아픈 것도 잊은 채 신이 나서 뭐라고 뭐라고 중얼거린다. 그러나 승객들이나 운전기사나 모두 신경을 쓰는 눈치는 아니다. 주의를 주거나 눈살을 찌푸리는 사람도 없다. 혼자 일기 예보를 하는 기봉 씨 모습을 자주 보아온 그들에게는 아주 익숙한 광경인 것이다.

어느새 해미다. 기봉 씨는 버스에서 내려 병원을 향해 길을 건넌다.

"차, 차가 너무 많아 정신 하나도 엄써. 사, 사람 못 댕겨."

도시와는 비교도 안 되게 한가한 차도지만, 기봉 씨 눈에는 자동차가 너무 많아 보인다. 자동차 때문에 사람 다닐 길이 없는 것 같다.

무사히 길을 건너고 병원으로 가는 짧은 시간 동안에도 기봉 씨는 마주치는 모든 이들에게 인사를 한다. 기봉 씨의 인사에 얼떨결에 답례하는 사람들의 얼굴에는 '누구더라?' 하는 표정이 역력하지만 대부분은 그의 얼굴을 알아보고 반갑게 인사를 나눈다.

"다, 다 인사해여. 보른. 꼭 인사혀야지."

병원으로 올라가는 마지막 계단, 기봉 씨의 눈에 제일 먼저 들어온 것은 입구에 놓인 신발들이다. 병원을 방문한 환자들이 벗어놓은 신발들은 신발장을 옆에 두고도 바닥 여기저기에 흩어져 있다. 기봉 씨는 들어가기 전에 아무렇게나 벗어놓은 남의 신발들부터 정리한다. 한 켤레 한 켤레 모두 집어 들어 신발장 안에 가지런히 넣은 후에야 자신의 검정 고무신을 벗고 병원 문을 연다.

"기봉 씨 왔어요? 어머니는?"

간호사가 기봉 씨를 반갑게 맞는다.

"안 와. 자."

간호사는 알아서 접수를 하고, 기봉 씨는 바로 옷을 벗기 시작한다. 우선 어깨에서 배낭을 내려놓고 모자와 장갑을 벗는다. 그리고 검은색 점퍼와 회색 바지를 벗는다. 위 아래 트레이닝복을 벗고, 브이넥 스웨터와 고무줄 바지를 벗은 다음 검은색 폴라 스웨터를 벗는다. 마침내 내복만 남았다.

"아이고, 많이도 껴입었네."

순서를 기다리고 있던 다른 환자가 한마디 하고, 기봉 씨는 마지막으로 버선과 양말을 벗는다. 진찰을 받는데 왜 맨발에 내복만 입어야 하는지는 아무도 모르지만, 기봉 씨는 어쩐지 그래야만 할 것 같다. 안 그러면 청진기를 대보는 의사 선생님이나 주사를 놓아주는 간호사 아가씨가 불편할 테니까.

바닥에 낡은 옷가지들을 남겨둔 채 기봉 씨는 진료실로 들어간다.

"어머니는? 같이 안 왔어요?"

의사 선생님 역시 엄마부터 묻는다. 늘 함께 다니는 모자이기에 둘 중 한 사람이 안 보이면 궁금한 것이다.

"오늘은 어디가 아파요?"

"어, 어제 뛰다가 감기 캑캑. 막 뺑뺑 돌아가. 머, 머리가. 방에서 가만히 있다가 테레비 보다가 머, 머리가 뺑뺑 돌아가."

"뛰지 말아요. 겨울에 달리기 하면 안 좋아."

"약, 약 좀 더 줘. 허리 다리 다 아퍼."

“그러니까 달리기 하지 말라니까. 그러다가 쓰러진당께.”

의사 선생님은 자꾸만 달리기를 하지 말라고 한다. 관절에 무리가 가는 달리기를 중단하지 않는 한 다리는 계속 아플 거라고 한다. 아무리 약을 먹고 물리치료를 해도 그렇게 달리는 한 소용이 없다고 한다.

하지만 기봉 씨는 달리기를 멈출 수가 없다. 의사 선생님의 강력한 권고로 최근 달리는 횟수와 시간을 줄이기는 했지만 아예 그만둘 수는 없다. 기봉 씨는 난감하기만 하다.

진료실을 나온 기봉 씨는 주사 한 대를 맞고 한 시간쯤 물리치료를 받는다. 벗어놓은 옷을 다시 입고 병원 문을 나서는데 등 뒤로 김씨 아저씨의 목소리가 들린다.

“뜀박질 하러 가는겨? 살살 혀. 추운디. 다쳐!”

보는 사람마다 뛰다가 다친다고 걱정이다. 기봉 씨는 어쩐지 좀 울적해진다.

처방전을 들고 약국으로 향하는 기봉 씨. 버스 정류장 앞 서울약국으로 들어서자 역시 제일 먼저 듣는 소리는 “엄마는 안 왔냐?”이다. 기봉 씨와 엄마는 실과 바늘이니까.

“안 온대. 내, 내, 낼모레 온대.”

“낼모레가 장날이구나.”

“서, 설날. 대목장.”

“설날 되면 기봉이도 한 살 더 먹는구나.”

“하하하.”

“기봉이도 인제 늙었다. 마흔이 넘었으니 어떡하니?”

“크, 크, 큰일 났어. 장개 가야 허는디.”

늘 사람 좋고 친절한 약사 선생님이랑 농담을 하고 나니 울적했던 마음이 싹 가신다. 감기도, 다리 아픈 것도 다 잊어버렸다.

이제 집으로 돌아갈 시간. 약국 건너 슈퍼에서 버스표를 사며 천 원짜리 한 장을 내밀자 주인아주머니는 백오십 원을 거슬러 준다. 기봉 씨는 동전 두 개를 주머니에 소중히 집어넣는다.

“꼭꼭 챙겨서 옴마 갖다드려야지.”

장날

　며칠만 지나면 설날, 엄마는 해미에서 열리는 설밑 대목장에 가기
위해 외출 준비를 하신다. 버스 시간에 맞추기 위해 기봉 씨도 채비를
서두른다. 비록 오천 원짜리여도 외출할 때만 차는 소중한 손목시계
도 찼으니 이제 준비 끝이다. 참, 모자 위로 고무줄을 동여매는 걸 깜
빡했다. 헐거워져 눈 밑으로 자꾸 흘러내리는 모자를 머리에 고정하
기 위해 기봉 씨가 생각해 낸 아이디어다.

　"다 되얏냐?"

　"예."

　"가자."

　"대, 대, 대목장. 오늘 지나믄 엄써. 소용 엄찌. 많어, 차. 사람. 갔다
오께. 옴마하고."

　누렁이와 검둥이가 알아들었다는 듯 꼬리를 흔든다.

　허리가 깊이 굽어 지팡이에 의지한 엄마에게 버스 정류장까지 가는
길은 멀기만 하다. 가다 쉬다 하느라 더 느린 엄마의 걸음에 애써 보
조를 맞춰보지만 딴 생각을 하다 보면 엄마는 또 저만치 뒤처져 있다.
그러면 기봉 씨는 엄마에게 달려간다.

“휴, 힘들다.”

엄마 이마에 송글송글 땀방울이 맺혔다.

“옴마, 업어.”

“싫다.”

“히, 히, 힘들어.”

“한번 싫다면 싫은 거여.”

“버, 버스가. 열 시.”

“종구네 쪽으로 가자.”

버스 놓치겠다는 말로 살짝 위협했지만 엄마는 끝까지 아들의 등에 업히기를 마다하고 대신 지름길로 가자는 대안을 내놓으신다.

종구네 집을 지나 얕고 좁은 도랑이 나오자 기봉 씨는 나무판자 다리를 먼저 건너본다. 임시방편으로 걸쳐놓은 거라 조심해서 딛지 않으면 발이 빠질 것만 같다.

“여기 천천히.”

기봉 씨는 엄마에게서 눈길을 떼지 않고, 엄마는 지팡이를 짚고도 무사히 도랑을 건너신다.

“설날에 눈 오믄 안 되는디.”

기봉 씨가 문득 중얼거린다. 설날은 큰누이가 오는 일 년에 몇 안 되는 날. 눈 때문에 길이 막히면 오는 데 힘들 텐데 어쩌나. 눈이 와서 큰누이가 못 오면 어쩌나. 기봉 씨는 그게 걱정인 것이다.

다행히 버스는 놓치지 않았다. 기봉 씨는 엄마를 앉게 한 뒤, 빈 좌석이 있음에도 불구하고 앉지 않고 엄마 옆에 쭈그리고 앉는다. 한 손은 엄마가 앉은 의자의 손잡이를, 또 한 손은 앞좌석의 손잡이를 잡은 채 양팔로 엄마를 보호하는 셈이다. 버스가 아무리 기울어도 엄마는 의자에서 떨어지지 않을 것이다. 이렇게 두 팔로 떡하니 보호하고 있으니까. 기봉 씨는 다리가 저린 줄도 모르고 그렇게 이십여 분을 쭈그리고 앉아서 간다.

해미에 도착하니 역시 대목장답다. 사람도 많고 차도 많다.

"차, 차. 차 위험해. 무서워. 큰일 나."

자동차가 조금만 가까이 다가와도 기봉 씨는 팔을 쭉 뻗어 멈추라는 신호를 보내고 엄마가 무사히 지나갈 수 있도록 길을 만든다. 그 길을 따라 엄마는 한약방으로 들어가신다.

"오셨슈?"

"기봉이 약 좀 지어줘. 속이 아프대. 약이 써서 안 먹으니께 달게 해줘."

병원에서 타온 위장약을 기봉 씨가 잘 먹지 않자 한약을 지어주기로 생각하신 것이다. 엄마는 아들의 건강이 제일 걱정이다. 마라톤 대회도 좋고 뜀박질도 좋지만 건강하지 않으면 무슨 소용인가. 몸만 건강하다면 아무 걱정이 없겠는데 요즘 들어 기봉 씨는 부쩍 여기저기가 아프다고 한다. 늘 어린아이 같기만 한 아들도 세월을 비껴갈 수는

엄마는 아들의 건강이
제일 걱정이다.
늘 어린아이 같기만 한
아들도 세월을 비껴갈 수는
없는가 보다.

없는가 보다.

"약 지어놓구 있을 테니께 이따 오세유."

기봉 씨와 엄마의 모습이 사라지자 한약방 주인은 누구에게랄 것도 없이 중얼거린다.

"아들은 엄마 걱정하고, 엄마는 아들 걱정하고. 모자란 자식 효도 본다는 옛말이 맞아. 둘이 의지하고 살아. 사람 인(人)자 모양으로."

기봉 씨와 엄마는 장터거리로 들어서고, 기봉 씨의 신경은 언제 어디서 튀어나올지 모를 차들에 온통 쏠려 있다. 사람과 차가 뒤섞인 장터에서 엄마를 호위하랴 사람들과 인사하랴 기봉 씨는 바쁘기만 하다.

엄마가 고기며 야채와 과일을 살 때마다 기봉 씨는 얼른 받아서 배낭에 담고, 엄마는 돈을 치르신다. 배낭이 꽤 묵직해졌을 무렵 엄마가 말하신다.

"밥 먹자."

"뻬, 뻑따구."

기봉 씨와 엄마가 장에 올 때마다 들르는 단골 식당 뼈다귀 해장국집으로 들어가는데, 기봉 씨가 연 것은 앞문이 아니라 주방문이다. 어디로 들어간들 어떠랴. 식당만 들어가면 되는 것을. 장날 점심시간을 맞아 정신없이 바쁜 주방을 지나 기봉 씨는 식탁에 자리를 잡는다. 엄마는 주방에서 벌써 주문을 하셨다.

"호크! 호크!"

대목장을 대비해 음식을 넉넉히 준비해 두었는지 식사가 금방 나왔다. 기봉 씨를 위한 포크와 함께. 그런데 공기밥은 두 개여도 뼈다귀 해장국 뚝배기는 하나뿐이다. 엄마는 오늘도 1인분의 뼈다귀 해장국에 공기 밥만 하나 더 주문하신 것이다. 뚝배기에 차고 넘치는 뼈다귀는 다른 손님의 것보다 훨씬 푸짐하다. 가난한 농부의 아내로 살아온 엄마의 몸에 밴 철저한 절약 습관과 잇속보다는 인정을 챙기는 식당 주인의 배려가 어우러진 결과이다.

엄마는 손으로, 기봉 씨는 포크로 열심히 살을 바르고, 특별한 날의 외식이 시작된다. 엄마는 꼼꼼히 살을 발라 연신 기봉 씨의 숟가락 위에 얹어주시면서 당신은 국물만 떠 드신다. 기봉 씨는 두툼한 계란말이며 신선한 무생채, 잘 익은 김치에는 손도 대지 않고 엄마가 발라주시는 고기와 밥만 먹는다. 천천히, 꼭꼭 씹어서.

"마, 마, 많이 먹으면 안뎌."

기봉 씨는 마지막으로 밥그릇에 붙은 밥알을 하나하나 깨끗이 떼어 먹는다.

"나, 남기면 안뎌. 다, 다 먹어야지."

속이 든든하고 몸도 후끈하다. 한약방에 가니 포장까지 끝난 기봉 씨의 약이 두 모자를 기다리고 있다. 엄마는 사만 원을 주고 약을 건네받으신다. 거금이다.

"기봉아, 정신 차려서 약 잘 먹어야혀. 그래야 어매 돌보지."

한약방 주인은 기봉 씨에게 확실한 동기부여를 해준다.

"예."

기봉 씨는 자신을 위해 거금을 들여 한약을 지어주신 엄마께 고맙고도 죄송하다. 그러나 기봉 씨는 곧 싱긋 웃는다. 이다음에 돈 많이 벌어서 엄마께 보약 한 첩 해드려야겠다는 기특한 생각이 들었기에.

마흔의 아들이 팔순 엄마 앞에서는

다행히 설날에는 눈이 오지 않았고, 조카들과 함께 큰누이가 다녀 갔다. 어려운 살림에 늘 쪼들리는 형편이라 자주 들여다보지는 못해도 연락이 끊긴 작은누이와 달리 큰누이는 가끔 전화도 하고 설날과 추석이면 잊지 않고 찾아오는 유일한 피붙이다. 지금 있는 텔레비전도 생활비를 쪼개 모은 돈으로 큰맘 먹고 사다준 큰누이의 선물이다. 그런 큰누이도 보고, 떡국도 먹고, 누렁이와 검둥이도 잘 먹이고, 참 좋은 설날이었다.

설 연휴가 지난 아침, 아까부터 기봉 씨는 좁은 방 안을 왔다 갔다 하며 무언가를 찾고 있다.

"뭐 찾어?"

방에 빗자루 질을 하면서 엄마가 물으시지만 기봉 씨는 대꾸가 없다. 안방과 그 윗방인 자신의 방을 번갈아 드나들며 열심히 무언가를 찾을 뿐 엄마 말도 못 들은 체한다. 옷장 문도 열어보고 서랍도 뒤져보고 벽에 걸린 옷가지들도 하나하나 들춰본다. 기봉 씨의 옷들은 벽을 따라 바투 걸어놓은 빨랫줄에 빨래집게로 나란히 집혀 있다.

"뭐 찾냐니께!"

왔다 갔다 하는 아들 때문에 신경이 쓰이는지 엄마가 또 물으신다. 기봉 씨는 잔뜩 화가 난 표정으로 엄마에게 말한다.

"바지. 하얀 거. 하얀 바지. 아이, 워디 갔어. 하얀 거."

아들의 난데없는 짜증에 순간 마음이 상하신 엄마. 여느 때와 달리 잠자코 계시는 게 마음이 많이 상하셨다는 증거다. 하지만 기봉 씨는 하얀 바지를 찾는 데만 정신이 팔려 있다. 정리정돈 잘 하는 꼼꼼한 기봉 씨지만 깜빡깜빡 하는 일도 잦아서 도무지 하얀 바지를 어디다 두었는지 기억해 낼 수가 없다. 하얀 바지와 한 세트인 윗도리는 찾아 입었는데 바지가 없자 자꾸만 짜증이 난다. 엄마에게는 더 착하고 더 온순한 기봉 씨지만, 좋아하는 하얀색 트레이닝복이 안 보이자 순간 적으로 엄마에게 화를 냈다.

"이 바지, 이거 바지, 하얀 바지. 찾았다."

기봉 씨는 결국 이불 밑에서 하얀 바지를 찾아낸다. 엄마가 어디다 치우신 줄 알았는데 자신이 거기 두었던 게 생각나면서 짜증을 부린 일이 얼마나 후회되는지 모른다. 내가 엄마한테 왜 그랬지? 잠깐 제정 신이 아니었어. 기봉 씨는 바지를 갈아입고 안방으로 건너가지만 엄 마가 안 계신다. 부엌으로 가보니 엄마는 부뚜막 앞에 쭈그리고 앉아 말없이 파만 다듬고 계신다. 기봉 씨는 섭섭해하고 계신 게 분명한 엄 마에게 다가가 등 뒤에 선다.

"옴마, 안마."

　기봉 씨는 열심히 어깨를 주무르며 엄마의 화를 풀어드리려고 무진 애를 쓴다.

　"지금 주무르지 말고 아까 바지 찾을 때 화내지 말지."

　엄마가 기봉 씨의 마음을 읽고 퉁명스레 한 마디 하신다.

　"내, 내가 잘못했어. 잘못했어."

　그러나 엄마는 여전히 무표정에 묵묵부답. 파를 다 다듬으실 때까지 안마 서비스를 해드렸지만 방으로 돌아온 후에도 엄마는 좀처럼 웃지 않으신다. 어깨를 주물러드릴 때마다 기봉 씨는 엄마의 흐뭇한 표정을 느낄 수 있었다. 등 뒤로도 느껴지는 엄마의 표정. 그만큼 좋아하시는 안마인데. 다른 때 같으면 "팔 아퍼. 고만 해" 하시고도 남을 때까지 안마를 해드렸는데.

　기봉 씨는 이제 상자를 꺼내 마이크를 집어 든다. 손에 쥐기 좋은 크기로 나무를 깎아 매끄럽게 다듬고 마지막으로 크기가 일정한 다섯 개의 구멍까지 뚫어놓은 나무 마이크. 세상에 하나밖에 없는 마이크를 들고 기봉 씨는 벽에 기대어 앉은 엄마 앞에 선다.

　"노, 노래 불러줘?"

　"뭐 할라구? 노래 부를라구?"

　알면서도 엄마는 되물으신다.

　"응. 노래. 노래 시작."

　고개를 끄덕이고, 기봉 씨는 노래를 부르기 시작한다.

"노란 샤쓰 입은 말 없는 그 사람이 어쩐지 나는 좋아 어쩐지 나는 좋아……."

그러나 엄마는 무심하기만 하시다. 청력이 떨어져 보청기가 없으면 의사소통이 어려워진 이후 엄마는 모든 일에 전보다 더 무심해지신 것 같다. 그래도 기봉 씨는 최선을 다해 노래를 부른다.

"잘살아보세. 잘살아보세. 우리도 한번 잘살아보세. 잘살아보세."

세 곡째가 되자 기봉 씨는 위로 공연이라는 본래의 목적을 망각하고 제 흥에 겨워 노래를 불러 젖힌다. 팔까지 흔들흔들 춤을 추면서. 마침내 엄마 얼굴에도 슬그머니 웃음이 번진다. 하지만 냉정한 평가만은 아들에게도 가차 없다.

"개 끌어가는 소리지. 그게 무슨 노래여."

개 끌어가는 소리면 또 어떠랴. 기봉 씨는 그저 웃기만 한다. 독특한 엄마의 표현이 재미있기만 하다. 무엇보다 엄마가 웃었다는 게 기쁘다.

마이크를 상자에 도로 집어넣고 기봉 씨는 다시 안마를 시작한다. 이번에는 다리. 아직 흥이 남아 있는 기봉 씨는 노래를 계속 부르며 박자에 맞춰 엄마의 다리를 주무른다. 야무지고 리드미컬하게. 진작부터 마음이 풀려 있었지만 이런 아들의 재롱이 재미있어 엄마는 계속 화난 체 하셨는지도 모를 일이다.

효성 지극한 예순 넘은 아들이 팔순 넘은 아버지를 기쁘게 해드리기 위해 재롱을 부렸다는 옛이야기도 있지만, 기봉 씨야말로 진정한 효도를 실천하는 이 시대의 마지막 효자가 아닐지. 세상의 어느 똑똑하고 잘난 아들이 마흔이 넘은 나이에 어머니 앞에서 재롱을 부리겠는가.

늘 엄마의 가슴을 짓누르는 무거운 돌덩이였던 장애인 아들, 그러나 지금 이 아들만큼 엄마를 아끼고 위하는 자식도 없다. 모자란 자식인 만큼 더 잘해주어야 하건만 그러지 못했고, 학교를 보내기는커녕 특수 교육이라는 게 있는 줄도 몰랐다. 제대로 입히지도, 넉넉히 먹이지도 못하고 잘한다는 칭찬 한 번 듣게 해준 적 없는 아들. 사람 구실은 제대로 하며 살까, 어디 가서 남의 손가락질이나 받는 것은 아닐까, 아들에 대해서라면 엄마는 모든 것이 다 근심이고 걱정이었다.

그런데 그 아들이 지금 엄마를 행복하게 하고 있다. 아이의 천진함을 그대로 간직한 채, 어떻게든 엄마를 기쁘게 해드리려고 재롱을 부리고 있다.

세상에서 제일 예쁜 우리 엄마

엄마는 난청이 점점 심해져 아들의 말을 알아듣지 못하는 횟수가 부쩍 늘었다. 보청기를 끼우시고도 큰소리로 몇 번을 반복해야만 겨우 알아들으시니 기봉 씨는 답답하기만 하다. 당신 역시 귀가 안 들린다고 갑갑해하신다. 작년이 다르고 올해가 또 다른 엄마의 청력. 앞으로 얼마나 더 나빠질지 기봉 씨는 걱정이 되지 않을 수 없다. 그래서 서산에 있는 이비인후과 병원에 가보기로 했다.

비록 병원에 가는 게 목적이지만 오랜만의 서산 나들이. 엄마는 서산에 가는 김에 머리도 자르시겠다고 한다. 마을 밖을 한번 나가는 게 녹록치 않은 일이라 엄마는 겸사겸사 볼일을 보시려는 생각이다. 젖은 걸레로 엄마와 자신의 검정 고무신을 싹싹 닦아 신고 기봉 씨는 엄마와 함께 집을 나선다.

완행버스 한 번, 직행버스 한 번, 버스를 두 번이나 갈아타고 서산의 이비인후과에 도착했다. 의사 선생님이 묻는다.

"할머니, 어디가 아프세요?"

"잉?"

엄마는 의사 선생님 말을 알아듣지 못하신다. 그러자 엄마 곁에 선 기봉 씨가 거들고 나선다.

"옴마 귀, 귀 안 들려."

"귀가 안들린다구요. 아픈 덴 없어요?"

"아픈 게 아니라, 어두워."

이번엔 엄마도 알아듣고 대답하신다. 의사 선생님은 엄마의 귀에 불빛을 비춰보더니 양쪽 다 귓밥이 가득 차 있다고 한다. 난청도 난청이지만 귓밥 때문에 잘 들리지 않으셨던 것이다.

"다 됐습니다."

의사 선생님이 엄마의 귓밥을 모두 파냈다고 한다. 그러자 기봉 씨가 참견을 하고 나선다.

"이쪽, 이쪽."

한결 잘 들리는지 엄마가 대답하신다.

"이쪽도 다 팠어."

꾸벅 인사를 하고 진료실을 나오자 아주머니 한 분이 두 귀에 적외선 치료기를 대고 앉아 있는 모습이 보인다. 기봉 씨는 엄마를 그리로 모시고 가 앉게 하고 귀에 적외선 치료기를 대준다. 기봉 씨는 좋아보이는 건 다 엄마께 해드리고 싶다.

"옴마, 옴마, 이렇게, 딱."

귀에 딱 붙이고 있으라는 소리. 아들의 말대로 적외선 치료기를 귀에 딱 붙이고 앉아 계시는 엄마. 기봉 씨는 보호자 역할을 늠름하게

엄마에게 기봉 씨는 세상에서 가장 소중한 아들이고,
기봉 씨에게 엄마는 세상에서 가장 예쁜 엄마이다.

잘 해내고 있다.

　치료도 받았으니 이젠 머리를 자르러 갈 차례이다. 벌써 7, 8년을 단골 삼고 있는 미용실로 들어서자 원장님이 반갑게 모자를 맞아들인다. 무료로 깎아드리겠다고 해도 기어코 그냥은 싫다는 두 모자에게 원장님은 한 사람당 이천 원씩의 요금만 받고 있다. 그러면서도 원장님은 돈을 받을 때마다 어쩐지 미안한 마음이 든다.

　"아유, 어떻게 지내셨어요?"

　그러잖아도 발길이 뜸해 어떻게 지내시나 궁금하던 차였다.

　"머리 자르러 왔어."

　"잘 오셨어요. 감기는 안 걸렸어요?"

　"머리 깎으러 왔다구."

　여전히 의사소통에는 약간의 문제가 있다. 미용실 주인은 포기하고 엄마의 어깨에 가운을 둘러준다. 엄마는 거울 앞에 앉으시고, 미용실 주인에게 예쁘게 깎아달라는 주문을 잊지 않으신다.

　"막 깎지 말고 어지간히 오게 깎어. 이쁘게."

　팔순 노인이지만, 예쁘고 싶은 건 마찬가지인 엄마다.

　엄마의 어깨 위로 잿빛 머리카락이 조금씩 조금씩 잘려나간다. 늘 간편한 짧은 머리를 고수하는 엄마이지만, 추운 날씨에 미용실 가는 것도 큰 일인지라 그동안 머리가 꽤나 자라 있었다. 머리카락이 적당히 짧아지고 단정하게 정리되자 엄마의 작고 말간 얼굴이 살아난다.

세상에서 제일 예쁜 엄마지만 머리를 다듬으니 훨씬 더 예쁘다. 소파에 앉아 상체를 앞으로 내밀고 거울 속의 엄마 얼굴을 바라보는 기봉 씨의 얼굴에 주름이 잡힌다.

"이뻐. 이뻐."

발음이 부정확한 기봉 씨의 말을 잘못 알아들은 미용실 주인이 되묻는다.

"미모?"

"아, 아니. 이뻐. 이뻐. 옴마 이뻐."

"할머니, 아들이 이쁘대요."

잘못 알아들으셨는지 아예 못 들으셨는지 엄마는 아무 말이 없으시다. 하긴, 세상에서 제일 소중한 아들이 예쁘다는데 더 이상 무슨 말이 필요하랴.

엄마에게 기봉 씨는 세상에서 가장 소중한 아들, 기봉 씨에게 엄마는 세상에서 가장 예쁜 엄마이다. 사람 인(人)자처럼 서로를 의지하고 있기에 쓰러지지 않고 삶의 대지 위에 굳건히 서 있을 수 있는 두 사람. 서로가 서로에게 없어서는 안 될 존재, 세상을 살아가는 의미이다.

이마와 귀에 붙은 머리카락을 깨끗이 털어내고 드라이까지 마친 엄마가 의자에서 일어서신다. 기봉 씨는 그런 엄마를 보며 다시 한 번 말한다.

"이뻐, 이뻐. 옴마 젤 이뻐."

집으로 가는 길

미용실을 나와 직행버스를 타기 위해 시외버스 터미널로 가는 길, 기봉 씨와 어머니는 잊지 않고 길가 호떡집에 들른다. 서산에 나올 때마다 모자는 단골 노점에서 호떡 하나씩을 사 먹곤 한다. 추운 날 길거리에 쭈그리고 앉아 먹는 호떡이지만 엄마와 함께 먹는 호떡은 이 세상에서 제일 달콤하고 고소하다. 마지막으로 뜨끈뜨끈한 어묵 국물까지 나눠 마시고 나면 더 이상 부러울 게 없다.

기봉 씨는 종이컵에 담긴 어묵 국물을 후후 불어 식힌 다음 엄마에게 내밀고, 엄마는 아들이 건네준 국물을 조금씩 맛있게 드신다. 그래도 반이나 남았다. 엄마가 남긴 국물을 깨끗이 마시고 기봉 씨는 씩 웃는다. 호떡 하나, 어묵 국물 반 컵에 벌써 배가 부르다.

가난 속에도 행복은 있다. 아니, 어쩌면 가난하기 때문에 더 행복한지도 모른다. 오백 원짜리 호떡 하나에 이렇게 행복할 수 있는 건 끼니도 잇기 어려울 만큼 가난했던 기억이 있기 때문이다. 정부 보조금으로 살아가는 어려운 형편인 건 마찬가지이지만 늘 배를 곯았던 옛날에 비하면 호떡도 사 먹을 수 있고 뼈다귀 해장국 외식도 할 수 있는 지금은 부자나 다름없다.

물질이 풍요해질수록 행복의 순도는 낮아진다. 부자일수록 행복해지려면 더 많은 노력이 필요하다. 돈이 많을수록 소중한 것은 줄어들고, 부족한 것은 늘어난다. 기봉 씨는 지금이 좋다. 가난하지만 결코 가난하지 않은 지금 이곳에서의 삶이 더할 나위 없이 행복하다.

시외버스 터미널에 도착한 기봉 씨와 엄마. 버스표도 샀고 이제 버스에 올라타기만 하면 되는데 엄마가 갑자기 화장실로 들어가신다. 사람들이 하나 둘 버스에 오르고 이제 곧 출발할 텐데, 금방 나오시겠거니 했던 엄마는 여전히 감감무소식이다.

"차 가, 차. 아이고, 나 어허, 이거."

기봉 씨는 마음이 급해진다. 화장실 입구 앞에서 안에다 대고 엄마를 부른다.

"옴마, 빨리 와. 차, 빨리 와."

손목시계를 들여다보며 안절부절못하다가 기봉 씨는 급기야 여자 화장실로 뛰어 들어간다.

"옴마, 옴마. 차, 차."

화장실 안에 있던 아주머니들이 기겁을 한다.

"왜 여자 화장실까지 들어오고 그래요. 밖에서 기다리면 되지."

"아저씨, 나가 계세요."

무안해진 기봉 씨는 여자 화장실을 나오고 다시 발을 동동 구르며 엄마를 기다린다. 이윽고 엄마가 나오자 어깨를 감싸 안고 모시고 가려는데 엄마는 먼저 가라고 등을 미신다.

"빨리 가. 따라갈게."

승차장으로 들어서자 버스가 막 출발하려 하고 있다. 기봉 씨는 버스 앞으로 달려가 막아서며 조금만 기다려달라는 손짓을 한다. 기봉 씨가 버스를 막아서고 있는 사이, 엄마는 드디어 버스 앞에 나타나시고 기사 아저씨는 문을 열어준다.

기봉 씨와 엄마는 무사히 버스에 올라 운전석 뒷자리에 자리를 잡았다. 그런데 기사 아저씨의 표정이 영 심상치 않다. 배차 시간을 칼같이 지켜야 하는 기사 아저씨로서는 꽤 짜증이 난 상태이다. 새벽부터 운전을 했더니 목도 아프고 어깨도 결리고 피곤하기도 하다. 기사 아저씨는 기어코 거울을 통해 기봉 씨를 보며 싫은 소리를 내뱉는다.

"빨리빨리 타라고. 앞으로."

"예. 알았어."

기봉 씨는 미안한 듯 머리를 긁적이며 멋쩍게 웃지만 기사 아저씨는 화가 덜 풀린 모양이다.

"시간 맞춰 타야지."

"예, 타께. 시간 맞춰."

"그렇게 차 막으면 안 돼. 모르면 기사 아저씨한테 물어봐야지."

"그, 그려야지. 말하고 타야지. 옴마, 오줌. 앞으로 타께. 빨리."

듣기 싫을 법도 하건만 기봉 씨는 그저 미안한 마음뿐이다. 늦으면

얼마나 늦었다고 계속 잔소리냐고, 노인 모시고 다니다 보면 그럴 수
도 있지 너무한다고 맞받아치지도 않는다. 자신의 잘못을 시인하고
상대의 질책을 기꺼이 받아들인다. 그리고 진심으로 미안해한다.

"잘못했지?"

기사 아저씨의 목소리는 이제 한결 누그러져 있다.

"자, 잘못했어."

기봉 씨는 고개를 크게 끄덕이고, 기사 아저씨의 얼굴은 어느새 환
하게 펴진다. 소리 없이 함박웃음을 짓는다. 그러면서 미안한 마음도
생긴다. 좀 늦었기로서니 세상이 두 쪽 나는 것도 아닌데 괜스레 짜증
을 부렸구나 싶어진다.

이것이 기봉 씨의 힘이다. 기봉 씨와 이야기를 나누다 보면 누구나
금세 기분이 좋아진다. 기봉 씨가 남들을 대하는 태도는 배우고 익혀
서 된 세련된 매너도 아니고, 살아오는 동안 몸에 밴 대인관계 기술도
아니다. 꾸밈없는 태도와 진솔한 마음이 기봉 씨가 가진 전부이다. 그
것이 기봉 씨가 가진 힘이고, 사람을 행복하게 만드는 신기한 마술의
비법이다.

삶의 피로에 지친 사람도, 좀처럼 웃지 않는 사람도, 우울하고 슬픈
사람도, 화가 난 사람도, 기봉 씨의 웃는 얼굴을 보면 봄 눈 녹듯 마음
이 풀어진다. 얼음장같이 마음이 얼어붙은 사람도, 마음의 문에 묵직
한 자물쇠를 걸어 잠근 사람도, 기봉 씨와 함께 있으면 가슴이 따뜻해

지면서 마음의 문이 활짝 열린다. 그의 착한 심성이 공기처럼 자연스레 옮겨져 마음이 순해지고 착해진다.

　직행버스가 고북에 닿았다. 버스에서 내린 기봉 씨는 엄마의 팔짱을 끼고 택시를 타러 간다. 혼자라면 집까지 뛰어가겠지만 지팡이에 의지해 걷는 엄마에게 외딴집까지는 너무 먼 거리이다. 하루에 두 번 다니는 버스도 저녁 여섯 시나 되어야 들어온다. 기봉 씨는 엄마를 모시고 차부로 향하며 오늘 서산 나들이도 참 즐거웠다는 생각을 한다.

엄마 죽으면 나 혼자 어떡해

오늘도 또 병원에 다녀왔다. 이제 병원 다니는 일은 주기적인 행사가 되어버렸다. 기초생활 수급자 혜택을 받고 있어 진료비와 약값은 모두 무료이지만 택시 요금이며 버스비 등이 만만치 않다. 아픈 몸보다 돈 드는 게 더 걱정인 엄마. 그러나 기봉 씨는 안 가겠다는 엄마를 모시고 병원에 다녀오는 길이다. 잠자리에 누워 계시는 시간이 점점 늘어가는 엄마지만 오늘따라 점심때가 가깝도록 일어나질 못하셨던 것이다. 엄마가 죽는 건 아닌가 싶어 얼마나 가슴이 철렁했던지. 간신히 몸을 일으키신 엄마는 마치 변명처럼 말씀하셨다.

"내가 젊었을 때는 아주 부지런허구 일도 잘허구 아픈 데도 없구 추운 줄도 몰랐는디. 나이가 들수록 안 아픈 데가 읍써. 올해는 왜 이렇게 춥다냐."

해미 병원 의사 선생님은 어쩔 수 없는 노환이라고 말해주었다. 전반적으로 몸이 쇠약해져 있는 상태이고 척추도 이미 변형이 심해서 근본적인 치료는 어렵다고. 그때그때 적절한 치료로 더 이상 악화되지 않게 하는 것만이 최선이라 했다.

특히 허리가 많이 아프시다는 엄마는 물리치료를 받으셨는데, 당신의 몸을 치료하면서도 아들 걱정부터 하셨다.

"기봉이는 괜찮아유? 어제도 막 그래서 사람 놀래키구."

기봉 씨는 어제도 아침 일찍 나갔다가 동네 한 바퀴를 뛰고 들어와선 다리가 아프다고 했던 것이다. 결국 기봉 씨도 엄마와 같이 물리치료를 받고 모자는 집으로 돌아왔다.

기봉 씨의 귓가에 의사 선생님 말이 계속 울린다. 노환. 늙고 약해져서 생기는 병. 엄마는 자꾸만 늙어가고 있다.

"사, 사람이 늙으면 그런 거여. 늙으믄. 시, 시방은 이렇게 늙어가. 그래도 워치켜."

기봉 씨는 말한다.

"옴마가 더 안 늙어야지. 워치켜. 이거 큰일이지. 내가 안 아프야 하지. 옴마 맨날 이렇게 자고. 아침에 자고 낮에 자고 밤에 자고. 워치켜. 할매가. 사람 늙으면 그려. 머리가 하얗게 늙었어. 시방 늙어서 귀 아프지, 다리 아프지, 허리 아프지. 웃이빨이 다 빠지고 그래서 밥 쪼깨 먹어. 아퍼. 드러눠 가만 있어. 옴마가 더 안 늙어야지. 설날 오믄 더 늙지. 옴마 죽으믄 다 끝나. 소용엄써. 옴마가 오래 사나 몰러. 옴마 아파서 죽으믄 큰일이지. 나 혼자 못 살지."

기봉 씨의 얼굴에는 트레이드마크 같은 천진한 미소가 가서 있다. 눈가에서 뺨까지 잡히는 진한 주름이며 주름 속으로 숨어버리는 작은 눈, 하얗게 드러나는 윗니를 이때만은 볼 수가 없다. 엄마의 늙음과 아픔을 가슴 아파할 때만은. 언제 찾아올지 모르는, 그러나 언젠가는 찾아올 엄마의 죽음을 걱정할 때만은.

기봉 씨는 엄마가 기운이 없어 보이거나 아프다고 하실 때마다 너무나 걱정이 된다. 엄마가 돌아가신다는 생각만 해도 눈앞이 캄캄해지고 온몸에 기운이 쭉 빠진다. 엄마랑 이곳에서 영원히 살고 싶은데 무심한 세월은 자꾸만 흘러간다.

올해도 설날은 어김없이 돌아왔고 엄마는 또 한 살 나이가 드셨다. 옛날엔 젊었는데 설날이 지날 때마다 엄마는 자꾸 늙어만 간다. 어떻게 해야 엄마가 더 안 늙을까? 길을 막고 가는 세월을 붙잡아둘 수도 없고, 시계바늘을 거꾸로 돌려놓는다고 해서 시간까지 되돌릴 수 있는 건 아니다. 기봉 씨는 답답하기만 하다.

세월이 가면 사람들은 늙고 병이 들어 세상에서 사라진다. 삶의 흔적을 남겨두고, 사랑했던 기억들을 남겨두고, 온기 없는 몸만 남겨두고, 다른 세상으로 훌쩍 떠나가 버린다. 모든 사람은 다 죽는다. 아버지도 돌아가셨고 형도 죽었다. 언젠가 때가 되면 엄마도 죽을 것이다. 모든 사람은 다 죽는 거니까. 아무리 사랑해도, 아무리 그리워도.

"내가 걱정이 많어. 나 죽으믄 기봉이는 어쩔까 혀서."

엄마도 죽음이 걱정되는 건 마찬가지이다. 기봉 씨 못지않게, 아니 기봉 씨보다 더 죽음이 염려되신다. 두렵거나 삶에 미련이 있어서가 아니다. 한때, 삶이 너무나 고단하고 슬플 때는 순리를 역행해 죽음을 바라기도 했었다. 희망 없이 고통뿐인 삶은 더 이상 살고 싶지 않았다. 남편과 땅을 동시에 잃고 남은 것은 하늘이 무너지는 허망함과 출구가 보이지 않는 가난한 삶, 아버지 없이 홀로 키워내고 출가시켜야 할 자식들이었다.

엄마가 지금 두려워하는 것은 당신의 죽음이 아니라 그 후 혼자 남겨질 아들의 앞날이다. 내일 당장 눈을 감는다 해도 삶에 대한 미련은 없다. 어느 부잣집 마나님 안 부러운 호강을 효자 아들 덕에 충분히 누렸고, 옛날 같으면 벌써 땅에 묻혔을 나이인 팔순. 이제 살 만큼 살았다.

기봉 씨는 뜬금없이 엄마에게 말하곤 한다.

"옴마. 주, 죽지 마."

그러면 엄마는 늘 이렇게 대답하신다.

"안 죽어."

그러다 덧붙이신다.

"지금은 안 죽어. 나중에 죽을겨."

"나, 나중에."

"그려. 아주 나중에. 너보담두 오래 살겨."

"하하하."

엄마 말씀에 기봉 씨는 큰소리로 한참을 웃는다. 엄마가 그렇게 말하실 때면 정말로 그런 일이 일어날 것만 같다. 엄마가 오래오래 사실 거라는 확신이 생기는 것이다. 그동안의 시름이 거짓말처럼 깨끗이 사라진다.

기봉 씨는 또 말한다.

"'옴마 죽지 마' 허믄 옴마가 '아이구, 기봉이 장개 보내주고 죽어야 하는디' 그랴. 옴마 죽으믄 내가 불쌍혀. 그래도 오래 살어야지, 내가. 내가 안 아프야지. 오래오래."

엄마는 아들이 장가도 들고 어느 정도 자리를 잡고 사는 것을 본 뒤에야 편안히 눈을 감을 수 있을 것 같다. 아들은 더 늙으실 엄마를 잘 보살펴드리려면 자신이 아프지 않아야 한다고 생각한다. 엄마는 아들보다 오래 살겠다고 하시고, 아들은 엄마보다 오래 살겠다고 한다. 자신이 상대에게 얼마나 절실하고 소중한 존재인지 아는 까닭이다. 누구도 한 사람을 남겨두고 차마 먼저 떠날 수가 없는 것이다. 그것이 이 모자를 살아가게 하는 힘이다.

기봉 씨의 마지막 말에 낯선 외지 여자는 코끝이 찡해온다. 왈칵 눈물이 쏟아지려는 걸 간신히 참는다.

"내가 뭘 아나. 뭐 하나 몰러. 바보여. 이 바보 아들이 옴마가 좋아."

바다가 보이던 내 고향

엄마, 우리 엄마

　기봉 씨는 고향에서 태어나 고향에서 살아가는 드문 행운을 누리고 있다. 이 마을에서 나고 자란 지 어느덧 사십여 년. 강산이 네 번 변한 만큼 마을 풍경도 예전과는 몰라보게 달라졌다. 면사무소 앞에는 널찍한 신작로가 생겨 차들이 씽씽 달리고, 마을에는 반듯한 새 양옥들이 들어서면서 옛날 한옥을 찾아보기가 더 힘들어졌다. 가장 큰 변화는 바다가 없어졌다는 것. 기봉 씨는 그 넓은 바다가 어떻게 땅이 되었는지 신기하기만 하다.

　"옛날에, 옛날에. 저기, 바다."

　손가락으로 저 멀리 보이는 땅을 가리킨다.

　"거이 잡고. 옛날에. 바다. 시방은 논이여."

　기봉 씨는 그 바다가 그립다. 벌거숭이로 갯벌을 뛰어다니며 조개를 줍고 게를 잡던 유년의 날들. 처음엔 재미 삼아 하던 놀이가 나중에는 중요한 하루 일과가 되어버렸다. 기봉 씨가 조개며 게 따위를 잡아올 때마다 엄마는 좋아하시며 그것들을 요리해 상에 올리곤 하셨다.

　기봉 씨 기억에 남아 있는 젊은 엄마는 늘 일만 하는 모습이다. 밥하고, 설거지하고, 빨래하고, 청소하고, 불 때고…… 요즘처럼 전기밥

솥이 있나, 틀기만 하면 언제든지 물이 펑펑 나오는 수도가 있나. 밥 한번 하려면 마을의 공동 우물에서 물을 길어다 와야 했고, 아궁이에 불을 때 무쇠 솥에 밥을 했다. 그러나 집안일뿐이랴. 논일에, 밭일에 늘 들에 나가 사시다시피 한 엄마였다.

그 시절 어느 어머니들이 편하게 살았을까마는, 이 세상에서 제일 좋은 엄마이기에 기봉 씨는 엄마가 고생하시는 모습에 늘 마음이 짠했다. 평생을 소처럼 일만 하며 살아오신 우리 엄마.

"옴마 고, 고생 많이 했어. 옛날에 애들 많았어. 그래서 옴마 고생 많이 했어. 다 시집 보내주고 다 컸어. 옴마가 빨래 다 하고, 방아 다 찧고. 물 머리에 지고, 밭 파고, 밭 갈고, 콩 심고, 깨 심고. 옴마가 혼자 여기 행길 다 팠어. 옴마가 일 다 했어. 시방 이렇게 늙었어."

기봉 씨에게는 가슴 철렁한 기억도 있다. 남의집살이하던 어린 시절, 쉬는 날이어서 오랜만에 집에 다니러 온 때였다. 어린 기봉 씨는 엄마가 보고 싶어 건넛마을에서부터 뛰었다. 마을에 접어들어서는 속도를 더 높였다. 마을 어른들은 쌩 하고 바람처럼 달려가는 기봉 씨를 보고 한마디씩 했다.

"허어 그놈 참 빠르네."

"얼매나 뛴 거여. 저 옷 젖은 것 좀 봐유."

어린 기봉 씨가 드디어 집에 도착했을 때 집이 너무 적막했다. 모두 들에 나간 것일까.

"옴마! 옴마!"

안에서는 아무 소리도 들려오지 않았다. 엄마는 냇가에 빨래하러 가셨나. 오랜만에 집에 왔는데 아무도 없으니 섭섭하기도 하고 쉬지 않고 뛰어온 게 허탈하기도 했다. 어린 기봉 씨는 방문을 열었다. 그러자 혼자 누워 계시는 엄마의 모습이 눈에 들어왔다.

"옴마, 옴마."

다른 때 같으면 기봉이 왔냐, 하며 반길 터였는데 그날은 엄마가 꼼짝도 안 하셨다. 기봉 씨는 그날의 일을 생생히 기억하고 있다.

"옴, 옴마가 혼자 풀약 먹었어. 내가 딴 동네 있을 때, 집에 왔어. 저기, 저기 나가 살 때. 내가 왔어. '옴마, 옴마' 해도 안 일어나. 꼼짝도 안혀. 워치켜. 옴마 죽으믄 워치켜. 사람들 집에 없어. 내가 교회 갔어. 막 뛰갔어. 가서 '옴마 죽었다' 고 목사님한테 말했어. 그래갖구 서산 병원 갔어. 병원에서 배 수술했어. 그때 월급 다 썼어. 돈 많이 들었어. 엄마가 죽었어. 내가 안 오면 큰일 났어. 난 집에 없었어. 옛날에. 아주 옛날에."

풀약이라면 제초제일 터. 엄마는 집에 아무도 없는 틈을 타 농약을 마시고 자살을 기도하셨던 것이다. 그날 기봉 씨가 집에 다니러 오지 않았더라면, 교회로 한달음에 달려가 목사님한테 알리지 않았더라면, 기봉 씨의 달리기 속도가 조금만 더 늦었더라면, 엄마는 끝내 돌아올 수 없는 길을 떠나셨을 것이다.

막내아들을 두고 엄마는 어떻게
스스로 목숨을 끊을 생각을
하셨던 것일까. 사는 것보다 죽는 것이
더 쉽게 느껴질 만큼 고단한 삶이셨을까.

기봉 씨와 엄마는 핏줄 이상의 강한 인연으로 연결되어 있는 것만 같다. 기봉 씨가 그날 그렇게 뛰었던 것도, 엄마가 다른 날이 아닌 기봉 씨가 오는 날 풀약을 마셨던 것도 다른 형제들은 다 떠나고 기봉 씨만 남아 지금 이렇게 엄마 곁을 지키는 것도 혈연 이상의 운명이 이들 두 모자 사이를 이어주고 있기 때문인 것 같다.

목사님의 현명한 대처로 엄마는 병원에 신속히 옮겨질 수 있었고, 다행히 목숨을 잃지도, 크게 몸을 상하지도 않으셨다. 며칠간 입원 치료를 받은 후 무사히 집으로 돌아오실 수 있었다. 엄마의 목숨을 구한 모자란 아들. 병원비도 그 아들이 남의집살이하며 받은 월급을 모아 놓은 돈으로 해결했다.

그런데 막내아들을 두고 엄마는 어떻게 스스로 목숨을 끊을 생각을 하셨던 것일까. 사는 것보다 죽는 것이 더 쉽게 느껴질 만큼 고단한 삶이셨을까. 그때의 기억이 되살아나는 듯 기봉 씨는 말한다. 마치 스스로에게 다짐하듯.

"옴마 안 죽어. 내가 불쌍해서 옴마 못 죽어. '막내아들 두고 어떻게 가나' 그랴. 시방."

이야기가 엄마의 죽음으로 초점이 맞추어지자 기봉 씨는 또 걱정이 된다. 언젠가 혼자 남겨지는 날이 오면, 더 이상은 이 집에서 살 수 없을 것이다. 기봉 씨는 그렇게 생각하고 있다. 하긴. 엄마 없이는 이 집도, 사십 년 넘게 살아온 고향도, 기봉 씨에게는 아무 의미가 없을지 모른다.

"장애자 가야지. 밥 주고, 일해 주고, 빨래해 주고, 편안하대. 옴마 죽으믄 장애자 가야지. 이 집 좋아. 옴마 있지. 개들 있지. 내 집이라 살지. 내 집 아님 못 살지. 집이가 땅 없어. 다 남 땅이야. 내가 늙어서 할배 되믄. 시방 안 늙어. 나중에 늙어. 워치켜, 나 혼자."

사람들이 장애인 복지 시설에 대해 말해준 모양이다. 하지만 그건 또 그리 쉬운 일인가. 쉬이 들어갈 수 있더라도 기봉 씨에게는 분명 어울리지 않는 삶일 것이다. 그곳에서도 그는 잘 살아나가겠지만 지금처럼 행복하지는 않을 것이다.

엄마 돌아가시고 나면 어떻게 사느냐는 기봉 씨의 걱정에 누군가 위로 삼아 해 준 말이겠지만, 사실 기봉 씨는 장애인 시설에 들어가고 싶지 않다. 두 팔다리 성하고, 정신 멀쩡하고, 부지런하고 성실한 기봉 씨는 주위의 작은 관심과 도움만 있다면 혼자서도 충분히 살아나갈 수 있을 것이다. 복지 시설에 전적으로 몸을 의탁할 만큼 기봉 씨의 상태가 나쁜 것도 아니다. 기봉 씨가 시설에 입소하는 것은 그보다 더 어려운 처지에 놓여 있는 사람들을 위해서도 바람직한 일이 아닐 것이다.

기봉 씨가 누군가. 맨발의 마라토너 아닌가. 기봉 씨는 할 수 있다.

우리 가족 이야기

아버지에 대해 기봉 씨가 갖고 있는 추억은 단편적인 기억들뿐이다. 아버지가 돌아가신 게 기봉 씨가 채 열 살도 되기 전의 일이니 삼십 년이 지난 지금은 아버지 얼굴도 가물가물하기만 하다. 다만 아버지가 술을 많이 드셨다는 것, 할아버지가 살아계실 때 그랬듯이 술심부름을 자주 시키셨다는 것, 그리고 술을 마시면 식구들에게 매질을 하곤 하셨다는 것, 남의집살이를 보냈다는 것. 기억나는 것은 그뿐이다. 다른 이야기는 어머니를 통해 들어 알게 된 것이다.

"옛날에, 나 쬐끄말 때, 아부지가 기봉아! 술 사오라고 시켜. 술 떨어지면 또 술 사오라고 시켜. 옛날에. 술 먹고 옴마 패고 애들도 막 패고. 옴마한테 돈 한 푼 안 주고. 나, 핵교 안 갔어. 공부 배우믄 얼매나 좋아. 가방 내삐리고 핵교 안 가. 아부지가 '고만 두자.' 돈 엄써. 아부지가 핵교 안 보내줘. 나가라. 나가서 돈 벌어오랴. 돈 엄쓰니께. 내, 내가 말 안 들어서 아부지 죽었어."

그러나 기봉 씨의 말투나 표정에서 아버지에 대한 원망 같은 것은 찾아볼 수 없다. 기봉 씨는 학교에 가지 않아 공부를 하지 못한 것을 후회하고 있지만, 그것도 자신이 가방을 내던지고 학교에 가지 않았기 때문이라고 생각한다. 아버지가 돌아가신 것도 자신이 아버지 말을 잘 안 들었기 때문이라고 생각한다.

반면 엄마는 아버지에 대해 이야기할 때면 말투에 가시가 돋는다. 그러나 그것도 드문 일, 남들 앞에서 아버지에 대해 말하는 법이 거의 없다. 누가 물어도 입을 꾹 다무신다.

"기봉이가 네 살 때여. 애가 열나고 경기하고, 아주 정신도 없는데 애 할배나 아부진 약 사다 멕일 줄도 몰러."

집안에서 발언권도, 경제권도, 힘도 없었던 엄마는 어린 아들이 앓는 걸 그저 지켜봐야만 했다. 밤새 고열로 앓는 아이를 보며 엄마는 차라리 당신이 아프고 싶으셨다. 차가운 물수건으로 몸을 닦아주고, 혹시 체했나 싶어 손가락을 따주고, 바싹바싹 타들어 가는 아들의 입에 더운물을 떠먹여 주고, 그 악몽 같던 밤에 엄마가 할 수 있는 일은 다 하셨다.

엄마의 정성 어린 간호 덕분이었을까. 다음 날 아침이 되자 아이는 정신도 돌아오고 열도 한결 내렸다. 천만다행이었다. 그러나 마음이 놓이지 않은 엄마는 아이를 병원에 데려가고 싶었다. 양의든 한의든, 의사한테 아이를 보이고 왜 그랬는지 병명을 듣고 약을 지어오고 싶었다.

그러나 아버지는 호통만 쳤다. 날도 밝았으니 아이 데리고 서산에 있는 큰 의원에 한번 다녀오라고 아버지의 등을 밀었지만, 아버지는 엄마의 말을 들은 체도 하지 않았다.

"의원은 무슨 의원! 다 나았구만. 죽을 벵 아니믄 되지 명대로 다 살게 되야 있어. 기봉이 이젠 괜찮여. 괜찮을 거여."

아버지 말대로 죽을 병 아니면 병원에 가기 힘든 시절이었다. 아프면 병원에 가야 한다는 생각조차 못하고, 무슨 병원에 어떻게 가야 하는지도 모르던, 가난한 시골에서는 더더욱 그랬다.

엄마는 아들을 업고 병원에 가고 싶어도 그럴 돈이 없었다. 아이들 아버지 말대로 괜찮겠지 싶기도 했다. 결국 약 한 첩 못 먹이고 병원 한 번 못 데리고 갔다. 엄마는 그것이 평생의 한이다. 그때 병원에만 갔어도 아들은 정신지체를 갖지 않았을지도 모른다. 열병을 앓고 난 후부터 아들은 그전 같지 않았다. 워낙 어릴 때의 일이라 남들은 선천적인 줄 알지만 엄마는 열병 때문이라 믿고 있다.

결국 기봉 씨는 학교에 가는 대신 어린 일꾼이 되어 남의집살이를 하러 갔다.

"목장에 맨날 나갔어. 일 막 시켜. 배고파서 소여물, 사료, 다 먹어. 땅콩, 부추, 무 껍질 다 먹어. 시방 위가 이렇게 되여. 옛날에, 쪼끄말 때, 목장 살아봤지. 여기 목장, 저기 목장, 소 키우는 집서. 닭 키우는 집이서도 살아봤지. 나도 고생 많이 했지. 옛날에, 쪼끄말 때."

기봉 씨는 계속 메스꺼움과 울렁거림, 속 쓰림을 호소하고 있다. 조금만 많이 먹어도 토하고 소화가 안 되는 느낌이 든다. 병명은 기능성 위장 장애와 미란성 위염. 내시경 검사 결과 용종과 미란이 발견되었다. 위에 작은 혹이 하나 있고 위벽이 다소 헐고 부어 있는 것이다.

"조심혀야지. 암거나 먹으믄 안뎌. 울렁울렁, 아파서 안뎌. 나아야지. 내가 이거 나으믄 참 좋지."

기봉 씨의 위장병도 엄마에게는 이루 말할 수 없는 아픔이다. 다 당신 탓인 것만 같아서. 식구들 중에서 제일 배곯고 제일 춥게 자란 아들. 다 크지도 않은 것을 일꾼으로 만들어 남의 집에 보내고, 놀림 받고 살지 말라고 가르친다는 게 늘 야단만 쳤다. 제일 못 누리고 가엾게 자란 아들이 제일 효도하고 있으니 엄마는 그것도 가슴이 아프다. 그 미안한 마음을 어찌 말로 다 할 수 있을까.

인생이란 생각과는 다르게 흘러가는 것, 알다가도 모르겠는 것. 가슴에 묻은 큰아들을 떠올릴 때마다 엄마는 생각하신다. 빛나는 희망이자 든든한 기둥이었던 큰아들이 한창 나이에 세상을 떠났을 때 엄마는 삶의 덧없음에 눈물도 나오지 않았다. 그렇게 큰아들을 저세상으로 떠나보내고 나서는 막내아들의 소중함이 더욱 절실하게 와 닿았다. 막내아들에 대한 애틋함, 고마움, 그리고 대견함. 엄마는 막내아들을 깊이 의지하고 계시다. 겉으로 표현하는 것은 그 마음의 천분지 일도 안 될 것이다.

많이 가르치지 못한 큰아들도 죽는 날까지 참 어렵게 살았다. 자식 길러가며 먹고사느라 늘 쩔쩔맸고, 하는 일마다 안 되어 술로 세월을 보내는 날들이 많았다. 장남이긴 해도 늙은 어머니와 장애가 있는 동생을 부양할 형편이 못 되었다. 엄마 역시 큰아들에게 바라는 건 아무것도 없었다. 그저 건강하고 편안하게 제 식구들 거느리며 잘살기만을 바랐는데, 병이 들어 그만 세상을 등졌다.

아버지에 대한 기억이 별로 없듯 기봉 씨는 형에 대해서도 생각나는 것이 별로 없다. 워낙 나이 차이가 많이 났고, 형도 일찍부터 타지에 나가 돈을 버느라 집에 있는 날이 드물었다. 결혼해서 가정을 꾸린 뒤에는 아무래도 전보다 만날 기회가 더 적어졌고, 그래서 형의 사망 소식을 들었을 때, 기봉 씨는 형제의 죽음에 대한 슬픔보다는 엄마의 상심에 대한 걱정이 더 컸다.

그리고 누이들. 큰누이와 작은누이……. 기봉 씨는 큰누이가 좋다. 교회를 다니게 된 것도 큰누이의 권유가 계기가 되었다.

"누, 누나, 무서. 화나믄 무서."

화가 나면 무서운 누나이지만 기봉 씨는 누나가 보고 싶어 가끔은 전화도 건다. 전화를 거는 일은 너무나 어려워서 아직 익히지 못한 탓에 이웃집까지 한참을 달려가 누나에게 전화를 걸어달라고 부탁한다. 이웃 영감님이 종이에 적힌 숫자대로 번호를 누르고, 기봉 씨는 설레는 마음으로 전화가 연결되기를 기다리는 것이다.

"여보슈? 기봉이 바꿔줄게유."

수화기를 건네받았으니 이제 기봉 씨가 말할 차례이다.

"이, 이거 보슈."

"응. 삼촌."

조카의 목소리이다. 그런데 갑자기 무슨 말을 해야 할지 생각이 나
질 않는다.

"삼촌, 왜."

"왜?"

"왜 전화했냐구."

"왜, 전화…… 누, 누나 보고 싶어서."

"엄마 안 계신데. 아직 안 들어오셨어."

"아, 알았어."

일하러 간 누나가 귀가 전이라 통화에는 실패했지만, 대신 조카의
목소리를 들었으니 소득이 전혀 없는 건 아니었다.

같이 사는 가족, 따로 사는 가족. 같이 사는 엄마, 따로 살지만 가족
인 누나. 비록 아무것도 해줄 수 없는 누나라 해도 기봉 씨는 누나가
있어서 참 좋다. 이 세상에 나 혼자가 아니라는 게, 피를 나누고 기억
을 나눈 가족이 있다는 게 어쩐지 마음 든든하다.

기봉 씨, 예배당 가다

일요일 아침, 기봉 씨네 집에 전화가 울린다. 이미 외출 준비를 마친 기봉 씨는 기다렸다는 듯 전화를 받는다.

"이, 이거 보슈."

"준비 다 하셨어요?"

"준, 준비했어."

"지금 나오시면 돼요."

"응. 나가."

신도들을 태워 가기 위해 승합차를 운전하는 교회 아가씨의 전화이다. 기봉 씨는 엄마를 모시고 집 앞 마을길로 나간다. 교회가 조금 더 멀리 이사를 해서 엄마를 모시고는 걸어서 가기가 어려워졌다.

이윽고 승합차가 달려오는 모습이 보인다. 기봉 씨와 엄마가 차에 오르자 이미 타고 있던 몇몇 신도들은 모자를 반갑게 맞아주고, 승합차는 어느덧 새로 지어 반듯하고 깔끔한 교회 앞에 도착한다.

주일 아침 예배가 시작되었다. 목사 사모님 옆에 나란히 앉은 기봉 씨와 엄마도 고개를 숙이고 기도를 하는데, 기봉 씨의 기도하는 모습은 예배당 안의 그 누구보다 진지하고 경건하다. 눈을 감고 고개를 깊이 숙인 채 무릎 위에 놓인 두 손을 꼭 맞잡은 모습을 보면 누구라도 슬그머니 궁금해질 것이다. 기봉 씨는 지금 무슨 기도를 저렇게 열심히 하고 있는 것일까? 하느님께 어떤 말씀을 드리고 있는 걸까?

그러나 기봉 씨의 기도는 언제나 간단명료하다. 하느님께 하는 말은 이 한마디뿐이다.

'우리 엄마 건강하게 오래오래 살게 해주세요.'

기봉 씨가 할 말은 그것밖에 없기에 기도 시간이 길어지면 난감한 일이 벌어진다. 자꾸만 고개가 밑으로 떨어지면서 상체는 조금씩 조금씩 옆으로 기운다. 그러다가 깜짝 놀란 듯 다시 고개를 들고 몸을 바로 하지만 금세 또 밑으로 떨어지는 고개와 옆으로 기우는 상체. 기봉 씨는 꾸벅꾸벅 잘도 잔다.

그러나 찬송가를 부를 때는 눈을 반짝 뜨고 열심히 노래를 부른다. 노랫말을 모르기에 그저 리듬에 맞춰 흥얼거린다. 사모님이 찬송가책을 펴서 기봉 씨 앞으로 밀어놓아 주지만 한글을 모르는 기봉 씨에게 검은 것은 글자요 흰 것은 종이일 뿐. 그래도 기봉 씨는 교회에 오면 찬송가 부르는 시간이 제일 좋다. 반주를 맡은 어린 여학생의 피아노 소리도 좋고 다 함께 노래를 부른다는 것도 좋다.

기봉 씨는 이제 리듬에 맞춰 좌우로 몸을 흔들고 머리 위로 뻗은 팔도 흔든다. 그는 온몸으로 찬양을 한다. 비록 깊은 신앙심 때문이라기보다는 음악에 맞춰 저절로 몸이 움직여지는 것이긴 해도. 그 모습이 꼭 무용하는 아이 같다.

기봉 씨가 교회와 인연을 맺은 지는 꽤 오래되었다. 그렇긴 해도 매주 주일 예배며 수요일 예배, 새벽 기도회에 꼬박꼬박 참석해 온 것은 아니다. 어찌 보면 기봉 씨는 불성실한 신도이다. 마음이 부르면 가고 마음이 내키지 않으면 가지 않으니까. 기봉 씨의 얼굴을 더 자주 보고 싶고 안 보이면 두 모자의 안부가 궁금한 목사님은 기봉 씨에게 교회에 잘 나오라고 당부하곤 한다. 그리고 그런 목사님과 사모님의 마음을 잘 아는 기봉 씨는 말한다.

"모, 목사, 사모 다 좋아. 잘해줘. 얼매나 좋은 사람이야지. 내가 수요일 날 안 가지, 주일 날 안 가지. 나, 나 교회 오면 좋고 안 오면 보기 싫댜."

그래도 기봉 씨는 가고 싶으면 가고, 가고 싶지 않으면 안 간다. 그것이 기봉 씨의 방식이다. 하지만 기봉 씨는 자신이 예전보다 좋아진 까닭은 예수를 믿고 교회에 다닌 때문이라고 생각한다.

"교, 교회 많이 다녔어. 교회 다녀서 빨래하고 밥 먹지. 얼매나 좋아. 일 다해. 옛날에 손 안 펴져. 막 떨려, 마, 마, 말 안 나와서 막 갑갑혀. 옛날에. 아주 옛날에. 교회 다녀서 손 펴지고 말하고 좋아. 교회 공부 갈켜줘. 이 나이에, 내가 핵교 안 가고 했어. 정신없어서. 교회 다녀서 예수 믿어서 이만큼 됐지."

옛날, 아주 먼 옛날에 기봉 씨는 너무 말하고 싶었지만 생각만큼 말이 나와주질 않았다. 누구보다도 답답한 건 기봉 씨 자신이었다. 그런데 이젠 하고 싶은 말은 다 할 수 있어서 너무나 좋다. 여전히 말이 막힐 때가 있고 그러면 마치 금방이라도 숨이 넘어갈 듯 숨을 몰아쉰 다음 간신히 말을 이어가긴 하지만, 옛날에 비하면 아나운서 부럽지 않은 달변이요 청산유수다.

떨리고 곱았던 손도 어느 정도 펴져 숟가락을 쥐고 밥도 잘 먹을 수 있게 되었고, 빨래며 다른 일도 더 잘할 수 있게 되었다. 옛날에도 했던 일이지만 확실히 전보다 손놀림이 자유로워졌다. 말도 그렇고 손도 그렇고, 세월이 가고 연륜이 쌓이면서 숙달되어서일 수도 있지만 기봉 씨는 모든 게 교회를 다닌 덕분이라고 생각한다.

"예수 좋아. 예수도 사람 좋아혀. 우릴 사랑한댜. 교, 교회도 좋지. 목사, 사모 다 좋지. 교인들 좋아."

기봉 씨의 입에서 "싫어"라든지 "나빠" 같은 말을 듣기란 여간해선 힘든 일이다. 그에게 이 세상은 참 좋은 곳이고, 그 안에서 더불어 살아가는 사람들 또한 하나같이 좋은 이들뿐이다.

이제 목사님이 설교를 시작한다. 오늘의 주제는 '영적 권위를 지키자.' 기봉 씨로서는 무슨 말인지 잘 모르겠다. 바르게 앉아 단상의 목사님 얼굴을 말똥말똥 바라보지만 얼마 지나지 않아 고개가 꺾이고 상체가 기운다. 지난밤에 잠을 설친 것도 아니고 특별히 피곤한 일이 있는 것도 아닌데 왜 이렇게 잠이 쏟아지는지. 다른 사람들은 모두 목사님의 말씀에 귀를 기울이고 있는데 기봉 씨는 자꾸 졸립기만 하다. 하긴 설교 시간에 졸지 않았던 때가 한 번이라도 있었나 싶다. 옆구리를 쿡쿡 찔러 깨우곤 하시던 엄마도 이젠 그냥 내버려두신다. 한숨 푹 자고 일어나니 다 같이 찬송을 부르고 있다. 이번에도 기봉 씨는 열심히 노래를 부른다. 자신의 노래에 대한 기봉 씨의 생각은 이렇다.

"나? 노래? 나 노래 잘해? 응. 나 노래 잘하지. 근데 안 맞어."

자다 깨다 하며 노래하는 사이 어느새 주일 예배가 끝났다. 이젠 점심시간. 기봉 씨와 엄마는 사람들과 함께 예배당 옆에 딸린 방으로 들어가 점심식사를 하고, 식사를 하면서 사모님은 또 당부를 한다.

"기봉 씨 오늘 너무 잘 왔어. 보고 싶었는데. 다음 주일에도 꼭 와요."

다음 주일에는 졸지 말아야겠다고, 밥알을 꼭꼭 씹으며 기봉 씨는 다짐한다.

전화 걸기는 어려워

기봉 씨네 집에 이장님이 찾아왔다. 특별한 목적이 있어서 일부러 한 발걸음인데 잘 될지 모르겠다. 착하고 부지런하고 잘 달리고 효자이기까지 한 기봉 씨가 기특하고 대견하지만 한편으로는 늘 걱정이 되는 이장님이다. 빨리 나아야 한다며 밥도 많이 먹지 않는 기봉 씨의 위장은 별로 나아진 것 같지 않고, 그의 팔순 노모도 요즘 들어 부적 쇠약해진 모습이다. 간밤의 얘기를 할 때는 혹시 치매가 온 건 아닌가 걱정이 될 때도 있다

"어젯밤에 무서워서 문 꼭꼭 닫고 잤슈. 미국놈들이 막 쳐들어와서 무서워. 문 안 잠그면 잠을 잘 수가 있어야지."

악몽으로 잠을 설치신 게 분명하지만, 이장님으로서는 점점 나이 들어가는 노인이 앞으로 어떻게 될지 몰라 걱정이 이만저만이 아니다. 본인은 물론 기봉 씨도 힘들어질 것이다. 어디 그뿐이랴. 겨울이니만큼 혹시 불이라도 날까봐 어느 때보다 걱정이 된다.

오랜 습관대로 마당 한쪽에서 쓰레기를 태우는 기봉 씨를 보면 불씨 단속이며 뒷정리하는 손이 야무지긴 해도, 바람 많고 건조한 날들이라 또 모르는 일. 화마가 언제 예고하고 오는 법이 있는가 말이다.

아이 같은 기봉 씨와 기력 없는 팔순 노모에게 닥칠 수 있는 일은 그 밖에도 더 있을 것이다. 문자 그대로 집이 무너질 수도 있고, 누구 한 사람이 갑자기 쓰러지거나, 혹은 두 사람 모두 몹시 아플 수도 있다. 그리고 또…… 이장님은 고개를 젓는다. 나쁜 일만 생각하면 나쁜 일만 찾아오지 않던가. 이장님은 이제 본론을 꺼낸다.

"그래서 말이여, 오늘은 전화 한번 배워보자."

"전, 전화?"

"그려. 무슨 일 있음 전화허게."

"예. 알았어. 무, 무, 무슨 일 있음 전화해."

"일 없어도 해도 되야. 전화로 비상 연락만 하란 법 있나. 안 그려? 보고 싶다 생각되믄 전화혀. 언제든지."

"하하하."

뭐가 그리 우스운지 기봉 씨는 하얀 윗니를 다 드러내고 큰소리로 웃는다. 매일 보다시피 하는 사이인데 새삼스레 보고 싶다 운운하는 것이 재미있나 보다.

이장님은 흰 종이에 검정 사인펜으로 큼지막하게 전화번호를 써서 기봉 씨 앞에 턱 놓아준다.

"이게 우리 집 전화번호여. 손전화는 나중에 배워줄게."

이장님은 먼저 시범을 보인다. 수화기를 들고 번호대로 단추를 꾹꾹 누른다.

"이렇게. 자, 해봐."

기봉 씨는 이장님이 가르쳐 준 대로 열심히 해보지만 전화 걸기란 참 만만치 않은 일이구나 싶다. 전화번호가 적힌 종이와 전화기를 번갈아 보아가며 틀리지 않게 단추를 누르는 일도 쉽지 않거니와, 언제 번호를 눌러야 하는지도 자꾸 잊어버린다. 언제 눌러야 하더라? 수화기를 들고 나서? 아니, 번호를 누르고 나서 수화기를 드는 것 같다.

"아이고, 그게 아니라니께!"

전화 걸기 공부 한 시간째, 마음씨 좋은 이장님도 기봉 씨에게 버럭 소리를 친다.

"먼저 전화를 들고, 그 속에서 뚜뚜 소리가 나면 인자 단추를 눌러."

"아, 알았어."

기봉 씨는 이장님이 하라는 대로 하고, 마침내 전화기 저쪽에서 사람의 목소리가 들린다. 한 시간 만에 드디어 성공했다.

"여보세요?"

"……."

뭐라고 말해야 하지? 전화 거는 연습하느라고 한번 걸어봤다고 해야 하나?

"여보세요?"

"…… 이, 이장, 이장."

"집에 안 계세요. 아버지 아까 나가셨……."

기봉 씨는 수화기를 든 채 이장님을 바라보고 말한다.

"어, 없대. 이장 집에 없대."

"없대? 어디 갔대?"

이장님이 허허 웃으며 묻는다.

"여, 여기. 이장 여기 있어."

기봉 씨는 전화기에 대고 말하지만 전화는 이미 끊어진 상태다. 어쨌든 난생 처음 전화를 걸어보았다. 기봉 씨도 이장님도 뿌듯하다. 비록 한 시간이나 걸리긴 했지만. 몇 번 더 반복하면 기봉 씨는 이장님 집뿐 아니라 누나 집에도, 교회에도, 그 어디에도 전화를 걸 수 있을 것이다.

"기봉아, 잘했다. 잘혔어. 안 배워줘서 그렇지 배워주기만 하면 뭐든 잘한다니께 우리 기봉이는."

칭찬할 일이 있을 때는 아끼지 않고 듬뿍듬뿍 칭찬하는 이장님. 기봉 씨의 얼굴에도 웃음이 넘친다.

누가 물어보면 이장님은 늘 이렇게 말한다.

"내가 보기엔 정상인이나 다름없지. 다른 건 이상이 없다고 생각해. 넘들은 그렇지 않다는 얘기도 하고 그랬지만. 정신이 어떻게 된 거 아니냐고 전엔 부락서 많이들 그랬지. 그럼 난 아니라고 하고. 지금도 누가 그런 소리 하면 속상하지 나는. 지능이 좀 떨어진다 뿐이지 정상이여. 머리는 좋은 사람도 있고 떨어지는 사람도 있고 제각각 다 그런

거 아닌감. 워치키 다 머리 좋고 똑똑할 수 있겠어. 기봉이가 지 어매한테 하는 거 보믄 정상 이상이야. 효자도 그런 효자가 없어. 나라에서 상 줘야 돼. 일은 또 얼매나 잘 헌다구. 꼼꼼허구, 꾀 안 부리구, 깔끔하구. 겨울이면 산에 가서 땔나무 해다 뜨듯하게 하구 살구, 봄이면 쑥 같은 거 캐다 장에 내다 팔아 살림에 보태구, 짐승도 잘 키우구. 빨래는 또 얼매나 잘헌다구. 학교 못 가보고 공부 배운 적 없어서 그렇지 바보 소리 들을 애는 아녀. 남들 눈엔 어떻게 보일지 몰라두. 심성은 좀 고와. 남한테 해코지하는 법 없구, 인상 쓰는 법 없구, 언성 높이는 법 없구, 인사성 밝구. 잘난 사람들 그러드끼 겉으로만 그러는 게 아니라 속에서부텀 우러나와서 잘하는 거여. 남한테 악의 없고 맘이 꼬인 데 없으니 천사가 따로 없지. 머리 좋고 공부 많이 헌 사람들보다 낫다니께. 기봉이는 바보가 아녀. 그저 지능이 좀 떨어질 뿐이여.

지능은 떨어져도 바보는 아니라고 말하는 이장님. 그 모순된 말이 진리처럼 여겨지는 건 무슨 까닭일까.

든든한 보호자, 이장님

　기봉 씨네 집에서 돌아오는 길, 이장님은 기봉 씨 모자가 이만큼이
나마 살게 된 것이 다행이라고 새삼 생각한다. 몇 년 전에야 비로소
기초생활 수급자 혜택을 받기 시작해 지금은 다달이 생활비를 지원받
고 있지만, 그전에만 해도 참으로 어렵게 산 모자였다. 고작 몇 십만
원에 불과하지만 통장으로 꼬박꼬박 입금되는 정부 보조금이 있기에
기초적인 생활은 해결되고 있는 셈이다.

　이장님은 기봉 씨 모자에게 들어오는 돈이 담긴 통장을 고북 파출
소에 맡겨두고 있다. 노모가 돈이 필요하다고 할 때마다 파출소에 가
통장을 찾고 은행에서 돈을 찾아 건네주는 것도 이장님이 하는 일이
다. 기봉 씨 말마따나 늘 바빠서 집에 없는 이장님으로서는 귀찮고 번
거로운 일일 법도 한데 그는 한 번도 싫은 내색을 하지 않는다.

　어디 그뿐인가. 서울에서 이런저런 사람들이 찾아와 기봉 씨를 만
나고 싶어 할 때, 그들을 먼저 만나보고 기봉 씨를 만나게 해줄 것인
가 말 것인가를 결정하는 것도 이장님이 하는 일이다. 기봉 씨를 만나
려면 우선 이장님의 허락을 받아야만 하는 것이다. 그가 이렇듯 기봉
씨의 보호자 역할을 자임하고 나선 것은 두말할 것도 없이 기봉 씨에

대한 안쓰러움과 애틋함 때문이다.

수십 년간 기봉 씨네는 마을에서 가장 형편이 어려운 집이었다. 땅이 있고 그 땅을 일궈 살아가는 사람들이 대부분인 농촌에서 농사지을 땅이 없다는 것은 생계가 막막하다는 것을 의미했다. 농번기면 다른 집 일을 거들고 받은 품삯으로, 봄이면 나물을 캐 시장에 내다 판 돈으로, 혹은 정성스레 키운 개를 판 돈으로 하루하루 연명해 나가는 두 모자의 모습이 이장님은 늘 안타까웠다. 게다가 기봉 씨는 스물대여섯 살 때까지만 해도 마을의 웃음거리였다.

기봉 씨는 어려서부터 고생만 하고 자랐다. 다른 아이들이 한창 학교에 다니며 친구들과 뛰어놀 때 기봉 씨는 어린 일꾼이 되어 남의집살이를 했고, 아무것도 모르는 아이들의 놀림과 돌팔매질 속에서 외로운 어린 시절을 보냈다. 발은 아예 벗고 다녔고 옷도 다 낡아 해진 것만 입고 다니던 소년. 아이들이 돌을 던지며 놀릴 때면 울며 그들을 피해 달아날 줄만 알았지, 같이 돌을 던지거나 큰소리로 대들 줄도 몰랐던 아이. 자신을 홀대하고 해코지하는 사람조차 미워할 줄 모르고, 없이 살아도 남의 것에 욕심을 내거나 자신의 처지를 비관하지 않는 기봉 씨가 이장님은 언제나 기특하고 고마웠다.

이장님은 처음으로 생각해 본다. 자신이 기봉이에게 마라톤을 하도록 한 건 어쩌면 세상 사람들에게 기봉이도 한 사람의 인간이라는 사실을 보여주고 싶었기 때문인 건 아닐까. 무엇보다 기봉이에게 할 수

오토바이를 탄 이장님이
기봉 씨와 나란히
달리는 모습은
이제 이 마을에선
낯설지 않은 풍경이다.

있다는 자신감을 심어주고 싶었던 게 가장 큰 이유이지만, 그 이면에
는 그런 마음이 있었던 게 아닐까.

장애가 있다고, 끼니를 걱정할 만큼 가난하다고, 공부를 하지 못했
다고 해서 한 사람이 인간으로서의 존엄성과 가치마저 의심받아야 하
는 것은 아니라고 세상에 외치고 싶었던 것은 아닐까. 장애 없이 건강
하고, 많이 배우고, 잘사는 사람 못지않게 기봉이도 잘 하는 게 있다
고. 달리기만큼은 그 누구보다 잘한다고. 착한 심성만큼은, 효심만큼
은, 살아있는 모든 것들에 대한 사랑만큼은, 그 누구보다 차고 넘친다
고 알리고 싶었던 게 아닐까.

이장님은 그날의 감격을 잊지 못한다. 전국 장애인 체육대회가 열
렸던 날, 이봉주 선수에게 성화를 건네받고 운동장을 한 바퀴 돈 뒤
성화대에 점화하던 기봉 씨의 늠름한 모습. 전광판에서는 계속 기봉
씨의 모습이 나타났고 사람들은 그에게 환호하며 오랫동안 큰 박수를
보냈다. 그날 기봉 씨가 받았던 것은 놀림과 동정이 아니라 존경과 찬
사였고, 그것은 또한 많은 장애인들에게 희망과 자부심으로 돌아갈
것이었다. 기봉 씨에게도 이런 일이 일어났다는 사실이 믿기지 않아
서, 기봉 씨가 너무나도 자랑스러워서, 이장님은 전광판에 클로즈업
된 기봉 씨의 얼굴을 보는 순간 자신도 모르게 눈물이 났다.

경기가 시작되어 기봉 씨와 함께 운동장에 들어갔을 때는 왠지 주
눅이 들기도 했다. 운동장에 들어올 수 있는 일종의 자격인, 주최 측

에서 나눠준 노란 조끼를 걸치긴 했지만 아무래도 자신이 들어올 자리가 아닌 것만 같았다. 다른 선수들은 모두 코치가 있고 트레이너가 있고 소속 팀이 있었다. 마을 이장과 함께 온 선수는 기봉 씨 하나밖에 없었다. 노란 조끼만 입었을 뿐 코치도 무엇도 아닌 이장님은 어쩐지 쑥스러웠다.

드디어 마라톤 부문 예선이 시작되었을 때, 이장님은 큰 기대를 하지 않았다. 마라톤의 '마' 자도 모르는 자신이 책 몇 권 읽어 얻은 지식을 바탕으로 같이 뛴 게 전부일 뿐이었다. 아무리 기봉 씨가 잘 뛴다고는 해도 전문적인 훈련과 전폭적인 지원을 받는 다른 선수들에 비하면 끝까지 뛰어주는 것만으로도 만족할 만한 성과이겠다 싶었다. 그런데 웬걸, 아홉 명씩 네 개 조가 뛰는 예선에서 기봉 씨는 2등을 했다. 1등하고 차이도 별로 나지 않는 아쉬운 2등이었다.

다음 날, 결승전이었다. 마지막 코스에서 기봉 씨의 모습이 나타나자 관중석에서 커다란 함성이 들려왔다. 끝까지 최선을 다하라는, 힘을 내라는, 1등을 하라는 격려와 응원의 함성이었다. 이장님보다, 어쩌면 기봉 씨 자신보다도, 응원하는 사람들이 기봉 씨가 좋은 성적을 내기를 바라고 있었다.

기봉 씨는 그 대회에서도 스타였다. 어느 텔레비전 프로그램에 기봉 씨의 다큐멘터리가 방영된 이후 많은 사람들이 기봉 씨의 삶에 깊은 인상을 받았고, 마라톤 대회에 나갈 때마다 기봉 씨는 사람들의 관심을 불러일으켰다. 무엇보다 사람들은 기봉 씨에게서 희망을 보았고, 용기를 얻었다.

그 대회에서도 기봉 씨는 좋은 성적으로 완주를 했다. 농사일이 한창 바쁠 때였지만 모든 일을 다 뒤로한 채 3박 4일간 뒷바라지한 보람이 있었다. 천안의 어느 대학교 기숙사에서 지내며 매일 운동장에 나가 기봉 씨 곁을 지키는 일은 생각보다 쉽지 않았다. 곧잘 바람처럼 사라지는 기봉 씨를 찾아다니느라 얼마나 신경이 쓰이던지. 찾아놓으면 또 없어지고 금세 또 사라지고. 그래도 이장님은 그 대회가 가장 인상에 남는다. 가장 보람이 있었다.

마라톤을 시작한 이후 기봉 씨의 삶에도 적지 않은 변화가 일어났다. 전보다 더 자주 웃었고 전보다 더 행복해 보였다. 마을에서도 그를 정신 이상자로 보거나 아무것도 모르는 사람 취급하는 사람은 없었다. 마라톤 대회에서 받은 트로피와 메달은 기봉 씨의 보물 제1호가 되었다. 집에 누군가가 찾아오면 그것부터 꺼내 보여주었고 밤이면 옆에 고이 모셔두고서야 마음 편히 잠을 이루곤 한다. 방 문 위에는 마라톤 대회에서 달리는 모습을 찍은 사진을 확대해서 액자에 넣어 걸어두었다. 기봉 씨에게도 자랑거리가 생긴 것이다. 남들보다 잘하는 것이 하나 생긴 것이다.

그리고 이장님은 그것으로 되었다고 생각한다. 기봉 씨는 지금 누구보다 행복하니까.

따뜻한 마을

오늘은 마을 일을 돌봐준 대가로 이장님이 마을 사람들에게서 약간의 수고비를 받는 날이자 이장님이 마을 사람들에게 식사를 대접하는 날이다. 이장님은 벌써 전화를 걸어 기봉 씨도 초청한 참이고, 기봉 씨는 마을길을 달려 이장님 댁으로 달려오고 있는 중이다.

지난 일 년 동안 마을 일을 잘 봐주었다는 감사 인사와 함께 사람들은 지폐 몇 장씩을 내놓는다. 널찍한 마루에는 소박하지만 푸짐한 밥상이 준비되어 있고 막걸리도 몇 순배씩 돌아간다. 그때 땀에 젖은 채 안으로 들어오는 기봉 씨를 모두들 반갑게 맞아준다.

"기봉이 왔구나. 이 땀 좀 보게. 또 뛰어왔냐?"

"예. 뛰, 뛰어."

기봉 씨도 밥상에 끼어 앉아 뜨듯한 육개장이며 돼지고기 편육을 맛나게, 그러나 찬찬히 먹는다. 마주 앉은 이장님에게 막걸리도 한 잔 따른다.

"고만, 고만. 뭔 술을 이리 넘치게 따른다냐."

막걸리 잔이 넘쳐흐르자 이장님이 손으로 제지를 하고, 옆에서는 애정이 넘쳐서 술도 넘친다고 농담들을 한다.

마을 사람들은 이런저런 이야기를 주고받다가 기봉 씨의 마라톤에 화제의 초점을 맞춘다.

"기봉이가 마라톤인가 그 뜀박질허는 대회에 나가 신문에도 나고 테레비에도 나오고 헐 줄 누가 알았남."

"그려. 마을의 경사여. 그동안 우리 마을에 매스컴 탄 사람이 하나라도 있었남. 기봉이가 자랑스럽당께."

"기봉이가 뛰댕기다 목마르면 우리 집에 들어와 물 한 잔 얻어 마시고 가곤 했지. 그때부텀 알아봤어."

"알아보긴 뭘 알아봐. 뛰면 배 꺼진다구, 배 안 고프냐구 맨날 놀린 게 누군디."

"그게 놀린건감. 걱정돼서 그랬던 거지."

어수룩할 정도로 순박한 시골 사람들, 하고 이장님은 생각한다. 그래도 아직 시골 인심이 살아있는 이 마을이기에 기봉 씨 모자가 공동체의 일원으로서 배려받고 함께 어울리며 지낼 수 있었지, 도시에 살았다면 얼마나 힘들었을까 하는 게 이장님의 솔직한 생각이다.

기봉 씨에게 이 마을이 있기에 그가 좀 더 따뜻하고 푸근한 삶을 누릴 수 있는 것처럼, 이 마을에도 기봉 씨가 있기에 사람들은 보다 넉넉하고 건강한 마음을 지닐 수 있는 게 아닐까. 자신과 다르다고 여기던 사람을 결국은 자신과 같은 사람으로 받아들이고, 자신보다 못하다고 생각했던 사람에게서 오히려 본받을 점을 찾아내 배우며, 그의 존재를 고마워하는 건강한 마음을.

이장님은 기봉 씨야말로 이 마을의 보석 같은 존재라고 생각한다. 조용하기만 하던 마을은 기봉 씨로 인해 활기를 띠게 되었고, 맨발의 마라토너를 배출했다는 자부심에 사람들은 어딜 가나 마을 자랑을 했다. 스타 연예인이나 대통령을 배출한 마을 못지않은 자부심이었고, 그것은 마을 사람들의 소박한 심성을 그대로 드러내는 부분이기도 했다.

기봉 씨 역시 이 마을을, 이 마을 사람들을 좋아한다. 옛날처럼 돌을 던지며 쫓아다니는 아이들도 없고, 일손이 크게 딸리지 않아도 일부러 자신을 불러 일거리를 맡기는 사람들의 마음도 이제는 알 것 같다. 맛있는 음식이 생기면 기봉 씨부터 챙겨주고, 만나면 늘 엄마의 안부와 함께 기봉 씨의 건강을 염려해 주는 마음도 고맙게 다가온다. 오래오래 행복하게, 엄마와 함께 이 마을에서 사람들과 더불어 살고 싶다.

어느덧 특별한 식사 자리가 끝나고, 이장님은 아직도 뜨끈뜨끈한 육개장과 돼지고기 편육을 넉넉히 챙겨준다.

"어매 갖다드려라. 자, 이거."

"예. 오, 옴마 고기 좋아."

"그려. 어매 고기 좋아하시니께 얼렁 갖다드려. 식기 전에."

기봉 씨의 얼굴에 함박웃음이 활짝 핀다. 음식이 담긴 검은 비닐봉지를 소중하게 들고 기봉 씨는 이장님 댁을 나서자마자 힘껏 뛰기 시

작한다. 문간에 서서 그 모습을 바라보는 마을 사람들의 가슴이 일순
간 뭉클해진다.

"우리 아들이 기봉이만큼만 하믄 소원이 없겠네 그랴."

"아들 말할 것 엄써. 자네나 노모한테 잘해여."

"아이구, 사돈 남 말허네."

"허허허. 내남 할 것 없이 기봉이한테 배워야혀."

"그 말이 정답일세."

"또 배울 게 어디 효성뿐인감."

"어이구, 웬 비행기여. 기봉이 있을 때 태워야지, 가고 난 뒤에."

"지 몸 깨끗이 간수 잘 하지, 인사성 밝지, 착하지."

"허허. 그건 그려. 모자란다고 업수이 볼 게 아녀."

마을 사람들이 하나둘 집으로 돌아가고, 홀로 남은 이장님은 마을
사람들의 변화를 새삼스레 느낀다. 그리고 왠지 뿌듯해진다. 아들 잘
낳아 훌륭하게 키운 여느 아버지 못지않은 자부심이 피어오르는 것을
느끼며 이장님은 허허 혼자 웃는다.

한편 집에 도착한 기봉 씨는 땀에 젖은 얼굴로 엄마에게 비닐봉지
를 내밀고 있다.

"옴마, 이장이. 이, 이거."

비닐봉지를 열어본 엄마의 얼굴이 환해진다.

"이게 뭐다냐. 아이구, 괴기네. 먹는 게 제일이여."

기봉 씨는 부실한 치아로 열심히 고기를 씹어 잡수시는 엄마의 모습을 지켜본다. 엄마를 기쁘게 해드렸다는 뿌듯함으로 가슴이 벅차오르면서도 가슴 한구석에는 안쓰러움이 자리를 잡는다. 부실한 치아로 겨우겨우 고기를 씹어 잡수시는 엄마.

"옴마, 옴마. 이빨. 내가 이빨 해주께."

"이빨은 무슨. 이 없으믄 잇몸으로 사는 거여. 원래가."

언제나 그렇듯이 엄마는 퉁명스레 말하신다. 이 해넣을 돈이면 두 식구가 반 년은 살 수 있다는 걸 아시기에. 그래도 기봉 씨는 생각한다. 이다음에 돈 많이 벌어서 꼭 엄마 이를 해드리겠다고. 엄마가 맛있게 드시는 걸 보는 게 큰 기쁨인 기봉 씨에게 그것은 자신의 기쁨을 위한 일이기도 하니까.

왔다가 떠나는 사람들

알아보는 사람이 부쩍 늘어 기봉 씨는 요즘 좀 얼떨떨하다. 어제도 엄마와 함께 해미에 있는 병원에 다녀왔는데 처음 보는 아주머니가 반갑다는 듯 웃으며 물었다.

"기봉 씨, 요즘도 뛰어요?"

"뛰, 뛰어. 살살."

"아, 위가 안 좋아서 조금씩만 뛰는구나."

"응. 조, 조금."

약국 앞에서 집으로 돌아가는 버스를 기다릴 때도 어떤 할아버지가 먼저 말을 걸어왔다.

"해미 나왔다 집에 가는 거유? 어머니 모시고 참 보기 좋구만."

"예, 예."

집으로 돌아오는 버스 안에서 기봉 씨는 엄마에게 물었다.

"사, 사람들이 나 알어. 막 알어. 워치케 알어?"

"온 충청도 바닥에 니 소문 다 났어."

엄마는 여전히 창밖 풍경에 시선을 둔 채 말씀하셨다.

"소, 소문났어?"

"그려. 맨날 뛰댕긴다구."

어떻게 해서 소문이 났는지 어리둥절할 따름이지만 기봉 씨 기분은 썩 괜찮다. 스타라는 게 뭐 별건가. 내가 모르는 남들까지 날 알아보면 그게 스타지. 기봉 씨는 어쩐지 어깨가 으쓱해졌다.

그런데 오늘은 서울에서 낯모르는 사람들이 찾아왔다. 충청도 바닥에만 소문이 난 줄 알았는데 서울까지, 아마 전국적으로 소문이 쫙 퍼진 모양이다. 기봉 씨는 이장님의 안내로 집을 찾아온 남녀 두 명과 함께 마주 앉고, 여자는 녹음기를 틀고 수첩을 편다.

"왜, 왜 왔어?"

"잡지에 니 얘기가 난디야."

기봉 씨의 질문에 이장님이 대신 답을 해준다.

"자, 잡지?"

"잉. 책 말이여. 책에 기봉이 얘기두 나구 사진도 난대여."

그러자 기봉 씨는 자신의 방으로 들어가더니 트로피와 메달을 한아름 들고 나온다. 기봉 씨 집을 처음 찾은 사람이라면 그가 누구든 기봉 씨의 보물 제1호를 꼭 한 번 보아야 한다.

"와, 상 많이 타셨네요."

기자의 말에 기봉 씨는 또 우쭐해진다.

"응. 내, 내가 탔어."

"몇 등 하셨어요?"

이번에는 좀 망설이지만 곧 웃으며 대답하는 기봉 씨.

"일, 일등."

기자는 기봉 씨의 말을 받아 적고, 기봉 씨는 자신의 말이 빠짐없이 기록되는 모습을 조금은 묘한 기분으로 바라보며 기자의 이런저런 질문에 대답을 해나간다. 엄마에게도 보청기를 끼워드려 인터뷰에 잘 응하시도록 한다. 그동안 잡지사며 대학 신문사며 방송사에서도 찾아온 적이 있기에 기봉 씨는 그다지 어색하지는 않다. 오히려 매번 기분이 좋다. 늘 보아오던 이웃 외의 사람들을 만나니 즐겁고, 주인공이 되어 질문 공세를 받으니 중요한 사람이 된 듯한 기분이다. 기자가 묻는다.

"요즘 어떻게 지내세요?"

"자, 잘 있어. 하, 하루가 막 지나가."

"힘든 건 없나요?"

"엄써. 힘든 건 엄찌. 맨날맨날 좋아. 뛰면 맨날 좋지. 위 아파서 살살 뛰댕겨. 약 먹고, 밥 조금 먹고."

"저런. 위가 아프시다구요. 병명이 뭐예요?"

"난 몰러. 내가 뭘 아나."

기봉 씨가 멋쩍은 듯 말하면서 스스로 자신의 머리를 슬쩍 쥐어박는다. 그러자 손님들이 사온 귤을 까 드시던 엄마는 "아이!" 하며 기봉 씨의 옆구리를 툭 치신다. 아들이 남들 앞에서 스스로를 그런 식으로 말하는 것이 싫은 기색이시다. 세상의 모든 어머니에게 자식은 눈에 넣어도 아프지 않을 존재인데, 어느 어머니가 아들의 그런 언행을 좋아하겠는가. 특히 엄마에게 기봉 씨는 얼마나 소중하고 귀한 아들인데.

이런저런 이야기를 나누고 사진도 몇 장 찍다 보니 반나절이 훌쩍 지나갔다. 사진을 찍는 것도, 찍히는 것도 좋아하는 기봉 씨는 어색하지 않게 이런저런 포즈를 취해 준다. 어깨를 쫙 펴고 트로피를 들고 서서 웃는 모습이 자연스럽고 당당하다.

서울에서 온 사람들은 이제 돌아가겠다며 손을 내민다. 그 손을 맞잡고 흔들며 기봉 씨가 말한다.

"보, 보고 싶어서 워치켜. 여, 여기 온 사람들이 다 그려. 가믄 보구 싶대여. 나, 나랑 엄마랑."

"맞아요. 정말 보고 싶을 거예요."

"어, 언제 와?"

"네? 아, 나중에 또 올게요."

"나, 나중에. 또 와."

이장님과 서울에서 온 손님들을 집 앞까지 배웅하고 돌아오며 기봉 씨는 생각한다. 꼭 다시 와주었으면 좋겠다고. '나중' 이 빨리 돌아왔으면 좋겠다고. 그동안 낯선 사람들은 사진만 찍고 나면 다시 돌아가기 바빴다. 보고 싶어질 거라고 하면서도 정작 다시 찾아오는 일은 없었다. 서울이 얼마나 먼 곳인지 그들이 얼마나 바쁜지는 몰라도 또 오겠다는 약속이 지켜진 경우는 한 번도 없었다. 친구가 될 수도 있다고 생각했는데 아니, 집까지 찾아와 많은 이야기를 나누었으니 이미 친구가 되었다고 생각했는데 그들 생각은 그렇지 않은 모양이었다.

그러다가 잊을 만하면 또 다른 손님들이 찾아오고, 기봉 씨는 사람이 좋고 반가워 헤어질 때면 아쉽고 다음에 또 만나고 싶어진다. 이미 경험으로 다시 못 만날 줄 알고 있으면서도.

집으로 들어온 기봉 씨는 엄마에게 한번 말해본다.

"옴마, 또 온대여. 나, 나중에."

4장

난 행복해

나의 취미는 일기 예보

"오늘 우리나라 날씨는 북태평양 기압골의 영향으로 전국이 영하권으로 떨어질 것으로 보입니다. 특히 강원도와 영서 지방에는 첫눈이 오는 곳도 있으리라 예상되며, 이번 기압골의 영향으로 서울을 포함한 중부 지방의 일교차가 예년에 비해 10도 이상일 것으로 보입니다."

직접 나무를 깎아 만든 마이크를 입에 댄 채 기봉 씨는 일기 예보에 여념이 없다. 여느 기상 캐스터 못지않은 매끄러운 말솜씨에 가슴을 펴고 곧게 서서 정면을 응시하고 있는 자세가 퍽 인상적이다.

유난히 날씨에 민감한 기봉 씨가 일기 예보에 지대한 관심을 갖는 것은 당연한 일인지도 모른다. 비록 아무도 들어주는 이 없는 나 홀로 방송이지만 기봉 씨는 열심히 일기 예보를 한다.

"서울 아침 최고 기온 0도, 낮 최고 기온 10도로 어제보다 조금 높겠습니다. 중부 지방은 구름이 많겠고, 그 밖의 지방은 대체로 맑겠습니다……."

기봉 씨의 일기 예보 방송 취미는 집에 텔레비전을 처음 들여놓았던 십오 년쯤 전부터 시작되었다. 집에 텔레비전이 생긴 게 신기해서 매일 저녁이면 그 앞에 턱을 괴고 앉아 있었는데, 유독 눈길을 끄는 게 뉴스 말미의 일기 예보였다. 엄마는 일일 드라마나 〈동물의 왕국〉을 제일 재미있게 보셨지만 기봉 씨는 뭐니 뭐니 해도 일기 예보가 제일 재미있었다.

텔레비전 화면에 나오는 구름 사진이며 기압선 그림, 날씨를 나타내는 우산과 해, 구름 모양은 기봉 씨를 매혹시키기에 충분히 멋졌고 기상 캐스터가 하는 말은 한마디도 남김없이 기봉 씨의 귀에 쏙쏙 들어왔다. 그때부터 기봉 씨는 일기 예보를 보기 위해 저녁 뉴스 시간만 기다렸고, 어느새 기상 캐스터가 하는 말을 외워 그대로 따라할 수 있게 되었다. 더듬거나 잊어버리지도 않고 완벽하게.

그때부터 기봉 씨의 일기 예보 방송은 시작되었다. 빨래를 하면서도, 아궁이에 불을 지피면서도, 마을길을 뛰다가도, 혼자 있을 때나 혹은 사람들이 있을 때에도, 기봉 씨는 갑자기 생각난 듯 일기 예보를 읊조리기 시작했다. 그런 모습이 마을 사람들 눈에 띄기 시작했고, 기봉 씨가 날씨를 기가 막히게 잘 알아맞힌다는 이야기가 퍼지면서 사람들은 기봉 씨만 보면 묻곤 했다.

“기봉아!”

“예!”

“니얄은 비 온다냐?”

“내일은 기압골의 영향으로 흐리고 비가 오겠고, 그 밖의 날은 구름이 많겠습니다. 기온은 평년보다 조금 낮겠고, 강수량은 평년보다 조

기봉 씨는 일기 예보를
따라 하는 것만으로는
성에 안차는지 아예 스케치북에
신문에 난 일기 예보 기사를
스크랩하고 갖가지 기압선,
구름에 가린 해,
우산 모양을 그린다.
그 솜씨가 얼마나 정교하고
섬세한지 모두들 혀를 내두른다.

금 적겠습니다."

"아이고, 못 알아묵겄다. 그라서 비가 온다는 거여, 안 온다는 거여?"

"비 와. 니얄."

"기봉이 신통하네!"

"나, 날씨 맞어. 맞어."

"그려. 니얄 돼보믄 확실히 알겄지."

그리고 다음 날, 기봉 씨에게서 일기 예보를 들었던 마을 사람들은 비가 내리는 하늘을 보고 기봉 씨의 이야기가 맞았음을 확인하곤 했다.

기봉 씨는 신문에 난 일기 예보 그림도 스크랩하기 시작했다. 학교 앞 문방구에서 종합장 몇 권을 사다놓고, 마을을 돌아다니다가 신문이 눈에 띄면 집으로 가져와 일기 예보 부분만 깨끗이 오려 풀로 붙여 두었다. 나중에는 그것을 보고 그대로 그림을 그리기도 했다. 그렇게 스크랩한 종합장과 그림을 그려둔 스케치북이 대여섯 권. 요즘은 전보다야 심드렁해졌지만, 여전히 한약 가방 안의 종이 상자에 차곡차곡 보관해 두고 생각날 때마다 꺼내보곤 한다. 물론 다른 사람들에게 보여주며 그림 솜씨 좋다는 칭찬을 유도해 내기도 한다.

"어, 얼매나 애써서 맹글었는디."

갖가지 기압선이며, 구름에 가린 해, 우산 모양 등 실제로 그 그림들은 얼마나 섬세하고 정교한지 보는 사람들마다 혀를 내두른다. 애써 만든 흔적이 역력하다. 반짝이는 아이디어에 뛰어난 손재주, 기봉 씨에게는 분명 창조적인 기질이 있다.

남들에게는 무의미해 보이는 취미지만, 취미에 꼭 의미나 실용성이 있어야 한다면 그것은 이미 취미가 아닐 테고, 못 말리게 좋아하는 일기 예보 취미가 있기에 기봉 씨의 삶은 훨씬 풍부해졌다.

감성이 풍부하고 감각적으로 예민한 기봉 씨가 날씨에 관심을 갖는 것은 필연적인 일이다. 그는 계절이 오고 가는 것을 남들보다 빨리 알아차리고 날씨의 변화를 좀 더 민감하게 느낀다. 비가 오기 전 살갗에 닿는 바람의 느낌이 어떻게 달라지는지, 여름의 공기와 가을의 공기가 어떻게 다른 향기를 지니는지, 한낮의 햇살과 오후 네 시 햇살의 부드러움이 얼마나 차이가 나는지, 겨울비의 감촉과 봄비의 감촉이 어떻게 다른지 기봉 씨는 아주 잘 알고 있다.

컴퓨터니 휴대전화니 엠피스리니 하는 현대인들의 필수품은 물론 그 흔한 세탁기며 진공청소기 한 대 갖고 있지 않은 기봉 씨는 문명의 이기에서 상대적으로 소외되어 있다. 첨단 기계들이 주는 편리함의 혜택을 충분히 누리고 있지 못하다. 그러나 그것이 기봉 씨에게는 오히려 행운이다. 그는 기계보다 자연과 더 친숙하고, 우리 생활에 없어서는 안 된다는 기계들이 왜 필요한지도 잘 모르겠다.

문명의 이기에 의존하지 않는 그는 좀 더 자연에 가까운 삶을 살고, 그래서 좀 더 직관적으로 사물을 바라볼 수 있다. 기계가 대신 일해 주고 기계가 대신 판단해 주는 삶이 아니라 스스로의 몸과 마음으로 일하고 느끼는 자연스러운 삶이 그로 하여금 날씨에 민감하게 만들었는지도 모른다.

지금도 기봉 씨는 손빨래를 하다 말고 하늘 한 번 쳐다본 뒤 신나게 일기 예보 방송을 하고 있을지 모르겠다. 완연한 봄기운을 느끼며 청산유수 같은 말솜씨로.

"밤과 낮의 길이가 같다는 춘분인 내일은 대체로 포근한 가운데 전국이 차자 흐려질 전망입니다. 기상청은 전국이 기압골의 영향으로 차차 흐려지겠다며 제주 지방에는 밤부터 비가 내릴 것이라고 예보했습니다. 아침 최저 기온은 0~7도, 낮 최고 기온은 12~17도로 포근한 날씨가 이어질 것으로 예상됩니다."

꿈을 찍는 사진사

　기봉 씨가 숨을 헐떡이며 마을 입구에 있는 슈퍼마켓 안으로 들어가자, 주인아주머니는 돈을 세고 있다가 반갑게 알은척을 한다.
　"기봉이 삼춘 왔슈?"
　"저, 저거."
　"삼촌 안 되야. 읍써. 다 팔았는디. 인제 읍써."
　기봉 씨가 원하는 게 무엇인지 금세 알아차린 주인아주머니는 두 손을 홰홰 저으며 안 된다고 하지만, 이 문제에 있어서만큼은 기봉 씨도 물러서지 않는다. 집요하다.
　"이, 있어. 있어. 여기. 저거."
　"삼촌, 그제도 하나 사가더니 또 사? 자꾸 사면 돈 많이 들어. 안 돼."
　"한 번만, 정말 한 번만."
　"안 팔어. 싫어. 사지 마, 삼촌, 잉?"
　장사하는 사람은 손님의 돈이 많이 들어간다며 물건을 안 팔겠다 하고, 손님은 이번 한 번만 팔아 달라며 애원하는 실랑이는 기봉 씨네 마을에서만 일어나는 진풍경이다.
　"이번이 지, 진짜 마지막. 한 번만."

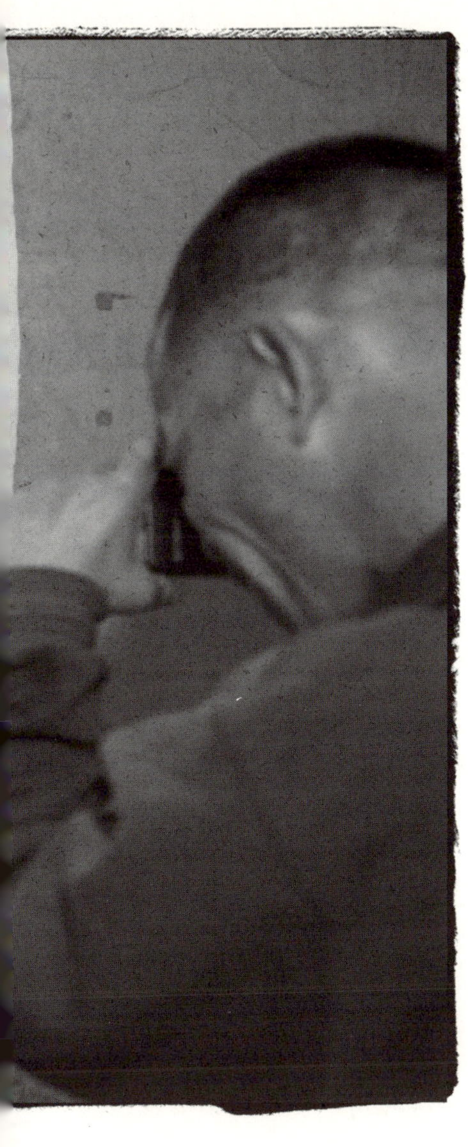

"뭐할라고 찍냐!" 찰칵,
기봉 씨는 셔터를 누르는 이 순간이
어떤 그림이 되어 나올지
가슴이 설렐만큼 궁금하다.

이번이 마지막이라는 기봉 씨의 애원에 주인아주머니도 그만 두 손을 들고 만다.

"저번 거랑 같은 걸루?"

"아, 아니. 불 빠, 빨리빨리 나오는 거."

"반짝반짝 플래시 있는 걸루?"

"응. 반짝반짝하는 거."

결국 기봉 씨는 플래시가 있는 일회용 카메라를 손에 넣는 데 성공한다. 이로써 얼마 전 엄마가 주신 용돈은 탕진해 버렸지만 사진 찍을 생각을 하니 벌써부터 가슴이 설렌다. 그렇다고 엄마께 사다드릴 과자까지 잊은 것은 아니다. 기봉 씨는 주위를 두리번거리며 엄마에게 사다드릴 과자를 고른다.

"과, 과자. 말랑말랑한 거. 이 엄써, 옴마. 바나나."

주인아주머니는 달콤하고 부드러운 연양갱과 바나나 한 송이를 그중 탐스러운 것으로 골라 비닐봉투에 넣어준다.

집으로 휑하니 달려온 기봉 씨는 방으로 들어가기 전에 카메라만 주머니에 따로 숨겨놓는다. 엄마가 아시면 야단을 하실 게 분명하니까. 매번 새로 사야 하는 카메라 값이며 해미에 있는 사진관에 가 필름을 현상하는 비용이며, 엄마는 기봉 씨가 사진을 찍어대는 푼수로 보아선 돈이 남아날 것 같지 않겠다고 생각하신 것이다. 기봉 씨가 처음 카메라를 사왔을 때만 해도 같이 신기해하며 사진 모델도 되어주곤 하셨던 엄마이지만 이젠 어림도 없는 소리이다. 기봉 씨가 제일 찍고 싶은 건 엄마의 웃는 얼굴이지만, 요즘엔 주로 검둥이와 누렁이를 찍는 것도 그 때문이다.

기봉 씨는 엄마에게 연양갱과 바나나 껍질을 벗겨드린 뒤 부리나케 밖으로 뛰쳐나간다.

"또 워디 가?"

"바, 밖에."

"왜?"

"사, 사진. 아니, 그냥."

"뭐?"

"오께. 그, 금방 오께."

엄마의 귀가 잘 안 들리는 게 이럴 때만큼은 다행이다 싶다.

밖으로 나와 카메라를 꺼내 든 기봉 씨는 자신이 가장 좋아하는 것들부터 차례로 사진을 찍어대기 시작한다. 주인의 모습이 나타나자 꼬리를 흔들며 좋아하는 검둥이와 누렁이부터 한 장씩 찍어주고, 벽에 비스듬히 기대어져 햇볕에 꾸덕꾸덕 말라가고 있는 러닝화 한 켤레도 찰칵 찍어본다. 파랗게 갠 하늘의 새하얀 구름도 한 장, 마침 비행운을 그리며 저 멀리 날아가는 비행기도 한 장, 마지막으로 눈부시게 빛나는 태양도 한 장.

이번에는 지난번보다 잘 나와야 할 텐데 제대로 찍었는지 모르겠다. 맨 처음 사진을 찾으러 갔을 때, 사진관 아가씨는 현상된 사진을 건네주며 사진작가 안 부럽게 잘 찍었다고 칭찬했지만 엄마의 반응은 시큰둥하기만 했다.

"이건 뭐냐? 꽃이냐? 음…… 이건 나무구. 그리구 이건…… 뭐할라구 찍었냐!"

엄마의 손가락 끝을 따라가 보니 사진 속엔 엄마의 자기로 만들어진 요강이 떡하니 자리를 잡고 있었다.

"이게 누구여? 할망구, 주름도 참 많다."

"옴, 옴마."

"이게 시방 나여?"

"응. 옴마."

"넌 찍을 줄도 모름서 무슨 사진을 찍는다고 그러냐. 고만 찍어라."

기봉 씨는 실망이 이만저만한 게 아니었다. 제일 잘 찍었다고 생각한 사진이었는데……. 이번에는 잘 찍어야지. 기봉 씨는 흙길에 핀 질경이를 찍느라 엎드리다시피 한 채 카메라 셔터를 누른다. 찰칵, 이 세상에서 가장 경쾌한 소리. 기봉 씨는 셔터를 누르는 이 순간이 어떤 그림이 되어 나올지 가슴이 설렐 만큼 궁금해진다.

비록 종이로 만든 일회용이지만 카메라를 통해 바라보는 세상은 사뭇 다른 느낌으로 다가온다. 기봉 씨에게 카메라로 보는 세상은 더 아름답고 더 선명하다. 사진을 찍는 순간, 카메라에 포착된 사물은 기봉 씨에게 아주 특별한 존재가 된다. 항상 그 자리에 놓여 있어 평소 있는 줄도 모르던 엄마의 요강은 반짝반짝 빛나는 앙증맞은 항아리가 되고, 사람들 발에 밟혀 흙먼지를 뒤집어쓰고 납작하게 눌린 질경이는 꽃보다 예쁜 싱그러운 풀이 된다. 누렁이와 검둥이에게는 또 어디에 그런 표정이 숨어 있었는지.

기봉 씨가 찍는 사진들은 모두 다른 사람들의 눈에는 작고 하찮은 것들뿐이다. 아무도 그것을 찍어 필름을 낭비하고 싶어하지 않을 젖은 신발 한 켤레, 볼품없는 잡초들, 마당 한 구석에 굴러다니는 돌멩이 하나, 따뜻하게 내리쬐는 햇빛, 소리 없이 불어오는 바람……. 그러나 기봉 씨에게는 이 모든 것들이 소중하고 어여쁘기만 하다. 공기처럼 익숙한 것들이 새로운 모습으로 다가오는 순간을 그는 못 견디게 좋아한다. 몰랐던 그들의 진면목을 사진으로 찍어 두고두고 꺼내 보고 싶다.

한 시간도 채 안 되어 필름을 모두 써버린 기봉 씨는 그 길로 카메라를 들고 해미 사진관으로 향한다.

며칠 후, 기봉 씨의 손에는 스물네 장의 사진이 들어온다. 엄마에게 보여드리고 싶은 걸 간신히 참으며 그는 내복 상자에 사진을 담아 서랍 속에 고이 넣어둔다. 이번에는 지난번보다 더 잘 찍었다고 흐뭇해하며.

아마추어 조각가

기봉 씨는 마을에서 이미 소문난 솜씨꾼이다. 설날이 다가오면 할머니들은 기봉 씨에게 윷을 깎아 달라고 부탁하곤 하는데, 기봉 씨는 크기가 고르고 미끈한 윷 한 벌을 어렵지 않게 만들어 낸다. 육각형의 말 네 개는 특별 보너스이다. 손아귀에 기분 좋게 잡히는 적당한 부피감, 부드럽고 매끄러운 촉감, 기봉 씨가 깎고 다듬어 만들어 내는 윷은 마을에서 인기가 좋다.

기봉 씨는 마음만 내키면 무엇이든 뚝딱뚝딱 만들어 낸다. 눈썰미가 남다르고 손놀림이 꼼꼼해 그가 만든 물건들은 모두 허술한 데 없이 그럴듯하다. 투박하고 거친, 손가락이 잘 펴지지 않는 손으로 만든 물건이라기엔 너무나 곱고 섬세해 보인다.

그가 꿰맨 가방 끈의 이음새 부분은 촘촘해서 두 번 다시 떨어질 것 같지 않고, 길에서 주운 호루라기를 목에 걸 수 있도록 줄을 연결한 것을 가만히 들여다보면 보면 그 꼼꼼함에서 정성이 느껴진다. 기봉 씨는 등을 구부리고 앉아 두드리고 구부리고 묶고 엮는 작업에 온 신경을 집중한다.

가느다란 철사를 작고 동그랗게 구부린 다음 하나하나 연결해 체인을 만들고, 그것을 호루라기에 연결한다. 가장 어려운 작업은 끝난 셈이다. 이젠 하얀 운동화 끈 두 개를 이어 실로 꼼꼼히 묶은 다음 체인 속으로 넣고, 마지막으로 운동화 끈의 나머지 부분을 실로 묶어 목에 걸 수 있도록 만든다. 적당한 길이의 끈 하나만 연결하면 얼마든지 호루라기를 목에 걸 수 있지만, 기봉 씨는 제대로 된 호루라기를 만들고 싶었던 것이다. 교통경찰들이 목에 걸고 있는 것처럼 근사한 호루라기를.

기봉 씨가 호루라기나 마을 사람들이 부탁한 윷, 누렁이와 검둥이의 집, 노래하고 일기 예보 방송할 때 쓸 마이크만 만들어 내는 것은 아니다. 그는 실용성과는 거리가 먼 작품들도 즐겨 만든다. 남들 보기엔 무슨 용도인지 의아할 뿐인 물건들이 기봉 씨에게는 온전히 미적 만족을 위해서 창조된 작품들인 셈이다. 이를테면 일렬로 벽에 걸어두고 볼 때마다 흐뭇해하는 일종의 종 같은 것들. 식당에서 쓰는 스테인리스 컵에 나무 막대를 붙여놓은 것을 보면 꼭 종 모양인데 기봉 씨는 그것이 종은 아니라고 한다. 창작자 자신도 무엇인지 말할 수 없는 작품들은 그의 방 한쪽 벽에 열두어 개쯤 가지런히 걸려 있다.

기봉 씨는 어려서부터 무언가를 만들기 좋아했다. 모든 게 귀했던 그에게 어디서나 쉽게 구할 수 있는 나무와 철사는 가장 유용한 재료였고, 여기에 칼과 망치같이 간단한 연장만 있으면 만들고 싶은 것은 무엇이든 만들 수 있었다. 마땅히 어울려 놀 친구가 없었던 기봉 씨에게 무언가를 만들고 있는 때는 어떤 놀이보다 즐겁고 열중할 수 있는 시간이었다.

무언가를 만들고 있노라면 기봉 씨는 자기 자신도, 시간도 잊을 수 있었다. 평소엔 양순하고 성실한 농부이다가도 술만 들어가면 주사가 심한 아버지도, 그런 아버지와 고된 일에 지쳐가는 불쌍한 엄마도, 배부른 날보다 배곯는 날이 더 많은 가난도, 함께 놀아주지 않는 마을 아이들도, 그 아이들이 학교에 갈 때 일을 해야 하는 자신의 처지도, 말이 되어 튀어나오지 않는 답답한 마음도 모두 깨끗이 잊혀졌다.

칼로 나무껍질을 벗겨내고, 적당한 크기로 자르고, 원하는 모양으로 깎고, 공들여 무늬를 새기고, 거친 면 없이 다듬는 동안 기봉 씨는 온갖 슬픔을 잊을 수 있었다. 나뭇결을 쓰다듬으며 서러움을 달랠 수 있었다. 언어로 표현되지 못하는 슬픔은 그렇게 치유되어 갔고 답답하게 가슴을 짓누르던 응어리 역시 무언가를 만드는 동안 부드럽게 풀어졌다.

하나의 나무토막이 자신의 손에 의해 의도한 바대로 형상을 갖추어가는 것이 신기하기도 했다. 그렇게 무언가가 새로 만들어질 때마다 기봉 씨는 기쁨으로 가슴이 뛰었다. 칭찬해 주는 사람은 없어도, 쓸데없는 거나 만들고 있다고 핀잔을 들어도 기봉 씨 자신은 뿌듯하기만 했다.

기봉 씨는 윷가락의 한쪽 면에 비스듬한 열십자를 새기면서 다음에는 또 무엇을 만들까 생각해 본다. 얼어붙은 논에서 탈 썰매를 만들 수도 있을 테고, 아궁이에 불을 땔 때 앉을 낮은 의자를 만들 수도 있을 것이다.

'작게 접어서 들고 다닐 수 있는 의자를 만들면 엄마가 버스를 기다릴 때 바닥에 쭈그리고 앉지 않아도 되겠지? 그건 시간이 많이 걸리겠다. 계속 연구해 봐야지. 하지만 우편함은 금방 만들 수 있을 거야. 텔레비전에서 본 새집 같은 우편함을 높다랗게 만들어 집 앞에 세워볼까? 우체부 아저씨가 질척거리는 땅을 딛고 마당까지 들어오지 않아도 되게.'

기봉 씨의 상상은 끝없이 이어지고, 그러면서도 윷을 마무리하는 손길은 흐트러짐이 없다. 마침내 스스로 만족할 만한 윷 한 벌이 만들어졌다. 기봉 씨는 옷을 털고 주변을 깨끗이 쓸어내고 칼과 사포를 제자리에 넣어둔 다음 윷을 깎아달라고 부탁한 이웃의 할머니네로 한달음에 뛰어간다.

"하, 하, 할매! 할매!"

곧이어 문이 열리고 할머니의 주름진 얼굴이 나타난다. 윷이 든 비닐봉투를 쑥 내밀며 웃는 기봉 씨의 한마디.

"윷."

비닐봉투를 받아 윷을 꺼내 본 할머니의 얼굴에도 웃음이 번진다.

"윷 참 좋다. 아주 잘생겼네. 기봉이 잘 깎았다."

"조, 좋아?"

"그랴. 이 재주가 다 워디서 나온겨?"

"소, 손. 내 손."

"어디 그 손 좀 보자, 기봉아."

기봉 씨는 용의 검사를 받는 초등학생 아이처럼 두 손을 내밀어 보이고, 할머니는 손등까지 굳은살 박인 기봉 씨의 마디 굵은 손을 잡고 한동안 토닥여 준다.

"나무토막처럼 뻣뻣도 허다. 손이 아니고 발인가 보네."

그 말에 기봉 씨는 웃음을 터뜨린다. 그러면서도 손을 빼 뒤로 숨기려 한다. 하지만 할머니는 손을 놓아주지 않는다.

"그런디, 이 손이 보배여."

집으로 돌아오는 길, 기봉 씨는 〈노란 샤쓰의 사나이〉를 부르며 마을길을 달린다. 소일거리 삼아 무언가를 만들기 시작했는데, 그냥 재미있고 좋아서 뭐든 만들곤 한 거였는데 이젠 기봉 씨가 만든 것을 원하는 사람들이 생기기 시작했다. 자기만족에 그쳤던 손재주가 다른 사람을 위해서도 쓰이게 되었다. 기봉 씨는 그게 기뻤다.

만약 기봉 씨에게 적절한 교육이 있었다면, 사람들은 지금쯤 재능을 인정받으며 활발히 활동하는 멋진 조각가 한 명을 볼 수 있지 않았을까? 그러나 재능을 인정받는 조각가가 아니어도, 사람들에게 예술가 소리를 못 들어도 기봉 씨는 이미 예술가이다.

그의 마음속엔 사그라지지 않는 창작열이 있으니까. 늘 무언가를 만들어 내며 그 일을 진정으로 즐기고 있으니까. 그가 만드는 것이 비록 페트병을 잘라 만든 컵이거나 엄마의 지팡이거나 장난감 주사위처럼 보잘것없는 것이라 해도.

살아간다는 것

기봉 씨가 제일 좋아하는 집안일은 뭐니 뭐니 해도 빨래이다. 세수하고 난 손으로 문고리를 잡으면 손이 쩍쩍 들러붙는 한겨울에도 기봉 씨는 찬물로 손빨래를 한다.

"겨, 겨울 좋아. 근데 춥지. 물 차지, 땅 얼지, 아주 춥지."

위치와 구조상 다른 집보다 더 추울 수밖에 없는 곳에서 노모를 모시고 겨울을 나기란 결코 녹록치 않은 일일 텐데도 기봉 씨는 겨울이 좋다고 말한다. 겨울은 다 좋은데 단지 춥고 모든 것이 딱딱하게 얼어버린다고. 그러나 추운 겨울이라고 해서 기봉 씨가 빨래를 미루거나 억지로 하는 것은 아니다.

고무장갑 한 켤레만 있으면 기봉 씨는 얼음장 같은 물에도 얼마든지 빨래를 할 수 있다. 처음에 잠깐 손이 시릴 뿐 하다보면 물의 온도에 적응이 되어 손이 시린 줄도 잘 모르겠다. 사실 엄동설한에도 내복은커녕 맨발로 살았던 어린 시절에 비하면 못 견딜 추위도 아니다.

물론 옷가지도 얇고 시원한 물이 달가운 여름에 하는 빨래가 제일 좋지만 겨울 빨래도 나름의 재미가 있다. 노래를 부를 때 하얗게 나오는 입김, 꽁꽁 얼어버려 얼른 널어야 하는 빨래들, 정신이 번쩍 들게 매서운 바람 속에서도 내복 안으로 흐르는 땀……. 다 재미있다.

콧노래를 흥얼거리며, 때로는 일기 예보를 하며 땀이 솟도록 빨래를 하고 있으면 기봉 씨는 마음이 한결 개운해진다. 빨랫감에 넉넉히 비누칠을 해서 거품을 내고 빨래판에 싹싹 비벼 땟물을 빼 말간 물로 헹구고 나면 마음까지 깨끗하게 씻어낸 느낌이 든다. 게다가 햇볕에 잘 말려 보송보송해진 옷을 입을 생각을 하면 몸까지 가벼워진다.

세탁기 없는 집 찾기가 더 어려운 요즘에 기봉 씨의 손빨래는 심지어 사서 하는 고생처럼 보이기까지 하지만, 한 번도 세탁기를 써본 적이 없는 기봉 씨로서는 손빨래가 당연하고도 익숙한 일이다. 혹 번쩍번쩍하는 세탁기가 새로 생긴다 해도 기봉 씨는 손빨래의 즐거움을 포기하지는 못할 것 같다.

엄마의 털 스웨터, 누비바지, 내복 한 벌 그리고 자신의 트레이닝복 상·하의와 속옷을 모두 빤 기봉 씨는 이제 빨래를 짜기 시작한다. 두꺼운 겨울옷들을 짜느라 팔이 아프지만 물이 뚝뚝 떨어지지 않을 때까지 힘주어 비튼다. 그런 다음 탁탁 털어 구김을 펴고 집의 외벽으로 가져간다.

기봉 씨는 빨랫줄 대신 집 벽에 빨래를 넌다. 다른 곳에서 본 적도 들은 적도 없는, 기봉 씨만의 독창적인 아이디어다. 벽은 햇볕이 가장 잘 드는 곳. 햇볕 아래서 보송보송 잘 마르라고 기봉 씨는 이곳을 빨래 건조대로 삼았다. 엄마의 겨울 스웨터처럼 크고 두꺼운 옷은 빨랫줄에 널어야 하지만 웬만한 옷들은 모두 벽에 널어 말릴 수 있다.

기봉 씨는 적당한 간격을 두고 벽에 박아놓은 못에 옷을 걸치기 시작한다. 좌우로 하나씩 못에 걸치면 옷은 쫙 펴져서 몇 걸음 떨어져서 보면 마치 접착제로 옷을 벽에 붙여놓은 것만 같다. 아무도 생각해 내지 못한 기봉 씨만의 빨래 건조법. 그렇게 벽에서 말린 빨래에서는 고소한 햇볕 냄새가 난다. 섬유 유연제 한 방울 넣지 않았어도 향기롭고, 주름도 잘 가지 않는다.

이건 기봉 씨에게 빨래하는 법을 전수해 준 엄마도 인정하는 건조법이다. 처음에 엄마는 벽에 빨래를 걸어놓은 모습을 보고 기겁을 하셨다.

"이게 뭐여! 빨래를 왜 벽에 붙여놨냐?"

"여, 여기 해 많아. 잘 말라."

"잘 말라도 그렇지. 빨래는 빨랫줄에 너는 거여!"

"빠, 빠, 빨랫줄에도 널었어."

"이것도 띠어다 줄에 널어."

"모, 모자라, 줄."

"…… 근디 워치케 붙였냐? 신기허다."

"못, 못. 못 박아."

"식전부텀 뚝딱뚝딱 하더니."

그날 저물녘, 빨래를 걷어와 개키는데 옆에서 보고 있던 엄마가 드디어 인정을 해주셨다.

"안 구겨지구 잘 말랐네."

그때부터 기봉 씨는 자신의 방식대로 빨래를 말린다.

빨래 너는 법만 봐도 기봉 씨는 창의성이 풍부한 사람이다. 그 창의성은 아이 같은 마음에서 나오는 것이기도 하다. 어른이 되기 전의 모든 아이들은 열린 마음을 갖고 있으니까.

양쪽으로 박힌 못에 속옷을 걸며 기봉 씨는 생각한다. 오늘은 볕이 좋아 빨래가 잘 마르겠구나. 해가 반짝반짝하니까. 그러고 보면 매일 아침 태양이 떠오른다는 것은 참 신기한 일이다. 기봉 씨는 해가 뜨지 않는 아침을 본 적이 없다. 빨래를 말려주고, 누렁이와 검둥이가 볕을 쬐며 낮잠을 즐기게 해주고, 나무를 자라게 하고, 꽃을 피우는 해가 없었다면 매일매일이 캄캄한 밤이었겠지. 정말이지 신기한 일이 아닐 수 없다.

해가 저물기 전, 기봉 씨는 아침에 널어놓은 빨래들을 걷어 방으로 들어온다. 엄마는 〈동물의 왕국〉을 보느라 다른 것엔 아무 관심도 없으시고, 기봉 씨는 잘 마른 빨래들을 바닥에 늘어놓고 하나하나 개키기 시작한다.

"옴마, 옴마."

엄마는 대답이 없으시다.

"옴마! 옴마!"

기봉 씨는 적당한 간격을 두고
벽에 박아놓은 못에
옷을 걸치기 시작한다.
아무도 생각해 내지 못한
기봉 씨만의 빨래 건조법.
그렇게 말린 빨래에서는
고소한 햇볕 냄새가 난다.

“왜.”

그제야 기봉 씨 쪽으로 고개를 돌리시는 귀 어두운 엄마.

“빠, 빨래서 해 냄새 나.”

“뭔 냄새?”

“해, 해 냄새.”

“그러니까 잘 헹궈야지. 빤 옷에서 냄새가 나믄 워치켜.”

“아이, 참.”

엄마 옷은 텔레비전을 받쳐놓은 서랍장에 차곡차곡 넣어놓고, 기봉 씨의 옷은 방으로 들고 가 옷장 속의 검은 비닐봉투 안에 넣어놓는다. 이것으로 오늘의 빨래 끝.

빨래를 비롯해 엄마 세숫물 데워드리기, 개 밥 주기, 설거지 하기, 눈 쓸기, 쓰레기 태우기 등 기봉 씨는 일상적인 일들을 언제나 즐겁게 해낸다. 기봉 씨에게 그런 일상은 소중한 것이다. 그는 자신이 왜 이런 하찮은 일들을 해야 하는지, 좀 더 그럴듯한 일을 해야 하는 것은 아닌지, 왜 이렇게 일만 해야 하는지 생각하지 않는다. 비생산적인 일에 에너지를 쏟고 있다고 시간을 아깝게 여기지도 않는다. 그에게는 마라톤 대회에 출전해 좋은 성적을 거두는 일이나 빨래를 하는 일이나 똑같이 중요하다.

마라톤이 아무리 중요해도, 달리기 연습이 아무리 힘들어도, 검둥이와 누렁이에게 아침저녁으로 밥 챙겨주는 일을 소홀히 하지 않는다. 감기 몸살 때문에 몸이 쑤시고 머리가 아파도 엄마의 세숫물을 데우는 아침 일과를 거르고 넘어가는 법이 없다. 그것이 자기 몫의 일이기 때문이기도 하지만, 하루하루의 일상이 곧 삶이기 때문이다.

살아간다는 것, 기봉 씨에게 그것만큼 중요하고 즐거운 일은 없다.

나는 마라토너야

　어제 저녁, 기봉 씨는 방 문 위에 걸린 액자를 실수로 떨어뜨리고 말았다. 바닥에 부딪히면서 나무로 된 틀이 부서지고, 손재주 좋은 기봉 씨로서도 고쳐볼 도리가 없게 망가져 버렸다.
　"사, 사진. 내 사진."
　머리띠 질끈 동여매고 앞만 보며 달리고 있는 사진을 확대해 액자에 걸어둔 것이었다. 미사리 조정 경기장에서 열렸던 첫 마라톤 대회 때 어느 사진 기자가 찍어서 보내준 사진으로, 기봉 씨에게는 트로피와 메달에 버금가는 보물인 것이다.
　"워, 워, 워치켜. 어허, 참."
　"워치커긴. 새로 해다 걸어."
　주무시는 줄 알았던 엄마는 몸을 일으키더니 손가방을 열고 지갑을 꺼내셨다.
　"자. 사진관 갔다 와. 니얄 날 밝으믄."
　안타까워 어쩔 줄 몰라 하던 기봉 씨는 이번에는 좋아서 어쩔 줄을 몰랐다.
　"오, 옴마, 고맙습니다."

두 손으로 공손히 돈을 받고 90도로 허리를 굽혀 깍듯이 인사하는 기봉 씨의 몸짓에는 장난기가 서려 있다. 아껴 쓰는 생활이 평생 몸에 배 절약을 제일의 미덕으로 여기시는 엄마지만, 이럴 때 보면 또 쓸 때는 아끼지 않고 쓰신다. 기봉 씨는 엄마가 너무나 고맙다.

"이쁜 걸루 해달라구 혀."

"아, 아 알았어. 이쁜 거."

엄마 역시 늠름하게 달리는 아들의 사진을 볼 때마다 뿌듯하셨던 것이다. 무엇보다 아들이 마라톤 대회에 나갈 때마다 완주하고 돌아온 일을 얼마나 자랑스러워하는지 알기에 엄마는 액자가 부서진 게 기봉 씨 못지않게 속이 상했다.

그래서 기봉 씨는 해미에 있는 사진관에 가는 참이다. 검은 비닐봉투에 망가진 액자를 담아 꼭꼭 여미고 그 봉투를 또 커다란 비닐 백에 넣어 한 손에 들고서.

사진관에 도착한 기봉 씨는 엄마 말씀대로 예쁜 액자에 다시 사진을 넣어달라고 주문한다.

"이, 이거. 이쁜 걸루."

그 사진이 기봉 씨에게 얼마나 소중한지는 사진관 아가씨도 알고 있다. 아가씨가 걱정 말라며 웃는다.

"걱정 마요. 젤 이쁜 걸루 해줄게요. 이따 저녁에나 되니까 내일 지나서 아무 때나 찾으러 오세요."

그러나 꾸벅 인사를 하고 사진관을 나온 기봉 씨의 발걸음은 버스 정류장이 아니라 오락실로 향한다. 오락실 문을 열자 역시 펌프에서는 흥겨운 음악 소리가 흘러나오고 있고, 고등학생으로 보이는 남자아이 하나가 그 위에서 열심히 스탭을 밟고 있다. 기봉 씨는 펌프 쪽으로 다가가더니 남학생의 뒷모습을 보며 오락실 바닥에서 스탭을 밟기 시작한다. 펌프에서 나오는 음악소리에 맞춰 경쾌하게.

이것이 기봉 씨가 펌프를 즐기는 방식이다. 펌프에 올라가지 않되 펌프를 즐길 수 있는 알뜰한 방법. 운 좋게도 오늘은 펌프 위에 올라가는 아이들이 끊이질 않아 기봉 씨도 연달아 여섯 곡에 맞춰 춤을 추었다. 음악 좋아하고 흥이 넘치는 기봉 씨는 펌프가 너무 재미있다.

호기심에 처음 들어가 본 오락실에서 펌프를 발견했던 날, 기봉 씨는 세상에 이렇게 재미있는 기계가 다 있나 싶었다. 동전을 넣으면 쿵작쿵작 흥겨운 음악이 나오고, 아이들은 그 위에서 리듬에 맞춰 신나게 춤을 추었다. 기봉 씨도 한번 해보고 싶었지만 주머니에는 버스비로 쓸 천 원짜리 한 장밖에 없었고, 아쉬운 대로 펌프 뒤에서 아이들을 따라 몸을 흔들었는데 시간 가는 줄 모르게 재미있었다. 그 후로 기봉 씨는 가끔 오락실에 들러 누군가 펌프를 시작하기만 기다리곤 했다.

비록 펌프 위에 직접 올라가보지 못했지만 기봉 씨는 미련 없이 펌프 곁을 떠난다. 오락실을 나선 기봉 씨가 다음으로 들른 곳은 야구 연습장. 기봉 씨는 야구도 좋아한다. 아직은 정확한 규칙을 잘 모르지만 텔레비전에서 야구를 할 때마다 넋을 잃고 바라보곤 한다. 공을 던지고, 그 공을 받아 치고, 전력질주하고, 공을 잡아내는 모습이 참으로 역동적이고 멋져 보인다. 타자수의 헬멧이며 포수의 보호대도 한번 착용해 보고 싶다. 언젠가는 직접 야구를 해보고 싶기도 하다. 뛰는 거라면 누구보다 자신 있는데 공을 잘 칠 수 있을지는 모르겠다. 기봉 씨 눈에 연습장 안에서 한 청년이 야구 방망이를 들고 준비 자세를 취하고 있는 모습이 보인다. 곧이어 공이 날아오고, 청년은 딱! 소리도 시원하게 방망이를 휘둘러 공을 맞춘다.

"네, 홈~런! 홈런입니다. 홈~런! 네, 완전히 넘어갔어요!"

기봉 씨는 신이 나서 야구 중계를 시작한다. 야구를 즐겨 시청하다 보니 언제부터인가 입에서는 야구 중계가 자연스레 튀어나왔다. 마이크가 없는 게 조금 아쉽긴 해도 마이크 없다고 중계 못할 기봉 씨가 아니다.

"파울. 투 나씽. 1루수 잡아냅니다. 원 아웃 됐습니다. 두 번째 타석, 주자는 없습니다. 아, 낮은 공. 삼진입니다. 3루수, 1루에 길게! 처리합니다. 3회 말 공격 마무리됩니다."

등 뒤에서 뭐라고 중얼거리는 소리가 들리자 청년이 한번 뒤돌아보지만 기봉 씨는 이미 야구 중계에 심취해 있다. 이번에도 청년은 날아오는 공을 시원하게 맞춰 멀리 쳐낸다.

"네, 홈～런! 홈런입니다. 홈～런! 네, 완전히 넘어갔어요!"

연습장에 새로운 타자가 들어설 때마다 중계를 하다 보니 어느새 주위는 어둑어둑해져 있고, 기봉 씨는 손목시계를 들여다본다. 이제 액자가 다 됐겠지 싶다. 내일 지나 찾으러 오라는 사진관 아가씨의 말에 대답을 안 했던 건 내일까지 기다릴 수가 없어서였다. 기봉 씨는 어서 반듯한 새 액자에 끼워진 자신의 사진을 보고 싶었다.

사진관에 들어서자 카운터 옆에 세워져 있는 액자가 제일 먼저 눈에 들어온다.

"아유, 집에 갔다 다시 왔어요?"

"아, 아니. 안 갔어. 집."

"그럼 여태 뭐 했어요?"

"오, 오락실. 야구."

"다행이다. 일찍 나와서."

사진관 아가씨는 액자를 들어 보여주며 마음에 드는지를 묻는다.

"조, 좋아요. 이거, 이거 더 좋아."

하얀 칠을 한 액자에는 꽃문양이 양각되어 있고 그 틀 안에는 전력을 다해 달리고 있는 한 사내가 힘겨운 듯 미간을 찌푸리고 있다. 이 사진을 볼 때마다 그날의 고통과 환희와 자긍이 되살아난다. 참 힘들었다. 지금 무엇 때문에 이렇게 뛰고 있는 건지, 마라톤이 뭐기에 이 고생을 해야 하는 건지, 모든 게 다 부질없다는 생각이 드는 순간들이 있었다. 너무나 숨이 찼고 너무나 다리가 아팠다. 얇고 부드러운 러닝복이 스칠 때마다 살갗은 쓰라렸고 열기 때문에 얼굴은 화끈거렸다. 마라톤은 포기하고 싶은 마음과 포기할 수 없다는 마음과의 치열한 싸움이었다. 기봉 씨는 결국 그 싸움에서 승리했다. 그리고 태어나 처음으로 성취의 희열을 느꼈다. 그것은 언어로 표현되지 않는 지극한 충일감이었다.

꼼꼼하게 포장된 액자를 들고 사진관을 나오면서 기봉 씨는 생각한다.

나는 마라토너야. 언제까지나. 그리고 그게 바로 나야.

교통사고 없는 세상

오일장이 선 해미 장터 사거리에 기봉 씨가 서 있다. 사람들 사이를 뚫고 채소며 과일을 실은 트럭이 나타나면 팔을 쭉 뻗어 제지하고, 사람들에게는 빨리빨리 지나가라는 손짓을 한다. 가끔씩 호루라기도 삑삑 불어주며. 기봉 씨는 바야흐로 교통정리중이다.

그저 교통순경 시늉을 하며 손짓만 하고 있는 것이 아니다. 그는 정말로 자동차와 사람들이 뒤섞인 혼잡한 장거리에서 교통을 정리하고 있다. 깨끗하게 빤 흰 면장갑을 끼고 가장 잘 만든 호루라기 줄을 목에 걸고서. 항상 같이 장을 보는 모자지만 지금 기봉 씨는 아주 바쁘기 때문에 오늘은 엄마 혼자 장을 보고 계신다.

기봉 씨에게 자동차는 매우 위험한 존재, 사람들을 크게 다치게도 하고 심지어 목숨을 빼앗기도 하는 두려운 기계이다. 차가 많은 서울에는 매일 교통사고가 일어난다고 한다. 자동차끼리 부딪혀서 사고가 나고, 달리는 차가 길 건너는 사람을 치어 또 사고가 나고. 텔레비전 뉴스에서도 교통사고 얘기가 하도 많이 나와서 기봉 씨는 자신이 교통사고 현장을 직접 목격한 적이 있는 것만 같다. 형체를 알아볼 수 없게 찌그러진 차들, 길에 전복되어 있는 대형 화물트럭, 들것에 실려

구급차에 실려가는 사람들, 깁스와 붕대를 감고 병실에 누워 있는 환
자들…….

십 년 전쯤인가는 이웃 마을의 앳된 처녀 하나가 교통사고로 목숨
을 잃기도 했다.

"차, 다쳐. 씽씽 달리고 사람 막 쳐. 조심혀. 안 그럼 큰일 나."

그래서 나선 교통정리였다. 외출할 때면 꼭 휴대하는 호루라기―무
슨 일이 생길지 모르니까―가 오늘처럼 유용하게 쓰인 날도 없었다.

"조, 조심. 차 조심."

기봉 씨는 일종의 사명감을 갖고 열심히 교통정리를 한다. 정든 해
미장에서 사람이라도 다치는 불상사가 나면 큰일 아닌가. 생각만 해
도 몸서리처지게 끔찍하다.

"아줌마, 차. 저기 차 와. 이쪽, 이쪽으로."

아주머니는 의아한 듯 힐끗하지만 그가 맨발의 마라토너 기봉 씨임
을 알아보고는 순순히 그의 지시에 따른다. 그때 등 뒤에서 들려오는
남자 목소리.

"여기서 호루라기 불지 마. 사람들 놀래!"

고개를 돌려보니 좌판을 벌이고 머리핀이며 머리끈 같은 것들을 팔
고 있는 아저씨가 뒷짐을 지고 서 있다. 낯이 익은 아저씨라 기봉 씨
는 인사부터 한다.

"아, 안녕하시요?"

"차, 차. 차 많아서 정신 하나 엄써.
호루라기 불고 막 어휴, 얼매나 바빠야지." 기봉 씨는
차가 보이는 곳이면 어디든 달려가 참견을 한다.

“왜 여기서 그려.”

“…….”

“손님 다 쫓겄다. 호루라기 소리에 경기하겄어.”

그러고 보니 기봉 씨는 남의 좌판 앞에 떡 버티고 서 있다. 무안해진 기봉 씨는 사명도 잊은 채 얼른 그 자리를 뜬다.

하지만 그 자리가 아니어도 장터는 넓고 자동차는 계속 지나다닌다. 기봉 씨는 차가 보이는 곳이면 어디든 달려가 참견을 한다. 후진하는 차가 있으면 사람들의 접근의 막고 운전자에게 손짓을 해 후진을 도와주고, 맞은편에서 차 두 대가 마주 오면 먼저 지나갈 차와 기다릴 차를 정해준다. 또 무심히 걷고 있는 사람들에게는 저쪽에서 차가 오고 있으니 조심하라고 큰소리로 알려준다. 그러나 이번에는 호루라기를 목에 걸고 있을 뿐 불지는 않는다. 아저씨 말대로 사람들이 경기를 할 만큼 놀랄 수도 있겠다 싶다. 호루라기 성능이 좀 좋아야 말이지.

장터 거리의 원활한 소통에 그다지 큰 도움을 주고 있는 것 같지는 않아도 기봉 씨는 스스로 맡은 임무를 열심히 수행한다. 사람들도 크게 신경을 쓰는 것 같지는 않다. 그렇게 두어 시간이 지나고, 이제 기봉 씨는 엄마를 찾아 장터를 헤맨다. 엄마의 단골 가게는 정해져 있는 편이라 그쪽만 집중적으로 탐색하면 된다.

“아, 안녕하시요?”

“이. 왔수?”

“옴마, 우리 옴마.”

“어매? 좀 전에 왔다 가셨는디. 대파 한 단이랑 마늘 한 봉지 사 갖구.”

“예.”

기봉 씨가 장터 한 바퀴를 빙 둘러보지만 엄마 모습은 보이질 않는다. 그렇다면 버스 정류장이나 바로 앞의 약국 안에 앉아 계실 것이다. 아니면 약국 옆 한약방이거나. 엄마는 거기 앉아 아들을 기다리고 계실 것이다. 버스를 몇 대씩 그냥 보낸다 해도 아들이 오기 전에 엄마는 버스를 타지 않으실 것이다. 기봉 씨가 그렇듯이.

기봉 씨는 장터를 빠져나와 길을 건넌다. 차도를 건널 때면 언제나 그렇듯이 주의사항을 중얼거린다.

“차, 차. 조심혀. 안 그럼 큰일 나.”

길을 건너 약국으로 들어가자 과연 엄마가 계시다. 긴 나무 의자에 앉아 물끄러미 앞만 보고 계신다.

“왔냐?”

“응. 옴마.”

“뭐 하느라구.”

“차, 차. 차 많아서 정신 하나 엄써. 호루라기 불고 막. 어휴, 얼매나 바빠야지.”

"가자."

기봉 씨는 엄마의 장 보따리를 자신의 배낭에 넣어 짊어진 뒤 약사 선생님에게 꾸벅 인사하고 버스 정류장으로 나온다. 엄마도 지팡이를 짚고 따라 나오신다.

버스를 타고 집으로 돌아오는 길, 문득 피로감이 몰려와 기봉 씨는 등받이에 고개를 기대고 눈을 감는다. 참으로 바쁜 한때였다. 그나저나 사람들이 차 조심을 해야 할 텐데. 기봉 씨는 그게 걱정이다.

"오, 오래 가. 늙어서 아프믄. 어허, 저런, 조심혀야지."

자동차를 운전하는 사람이나 길을 걷는 사람이나 모쪼록 조심하고 또 조심할 일이다. 아무도 다쳐선 안 되고 누구도 아프면 안 된다. 자동차가 얼마나 무서운지 알려 교통사고 없는 세상을 만드는 것이 일일 교통순경의 임무를 무사히 마치고 귀가하는 기봉 씨의 작지 않은 꿈이다.

꽃, 나무, 하늘

이 세상에는 예쁜 것들이 너무 많다. 엄마도 예쁘고 검둥이와 누렁이도 예쁘다. 엄마보다야 못하지만 꽃들도 얼마나 예쁜지 봄이면 기봉 씨는 꽃을 보러 산으로 들로 나들이를 다닌다.

겨울 내내 헐벗은 나무들을 볼 때도 기봉 씨는 가지마다 소담스런 꽃송이를 피우던 봄날의 나무 모습을 떠올린다.

"꼬, 꽃 많아. 봄에. 꽃 많이 펴."

그래서 봄은 기봉 씨가 제일 좋아하는 계절이다. 춥지도 덥지도 않은 온화한 날씨, 지천으로 자라는 향긋한 쑥이며 냉이, 질경이 같은 봄나물, 싱싱한 초록색 잎을 다시 틔운 나무들 그리고 목련, 진달래, 개나리처럼 어디서나 쉽게 볼 수 있는 예쁜 꽃들……. 봄은 정말이지 좋은 계절이다.

꼭 컬러텔레비전을 처음 구경했던 그날처럼, 기봉 씨는 봄이 오면 달라진 바깥 풍경에 깜짝 놀라곤 한다. 긴 겨울 동안의 단조로운 빛깔에 익숙해져 있던 두 눈이 봄의 풍부한 빛깔에 새삼 놀라는 것이다. 언제나 그 자리에 있는 똑같은 산과 들인데 겨울과 봄의 풍경은 너무나도 다르다. 해마다 맞는 계절의 변화건만 기봉 씨에게 그것은 언제나 신비하고 경이롭다. 그에게 모든 봄은 늘 새봄이다.

어려서부터 기봉 씨는 봄나물 뜯으러 다니는 것을 좋아했다. 호미 한 자루 망태기 하나 걸머지고 산에 오르면 산나물이 모두 자신의 것만 같아서 기봉 씨는 부자가 된 기분이 들곤 했다. 살림에 보태겠다는 목적이 가장 크긴 했지만, 나물 캐는 일은 봄날에만 누릴 수 있는 특별한 취미이자 즐거운 놀이이기도 했다.

망태기 한가득 봄나물이 차오르면 더 캐고 싶어도 서둘러 산을 내려가 집으로 돌아갔다. 엄마는 늘 같은 시간에 남보다 두 배는 더 많은 나물을 캐오는 아들을 칭찬하셨고, 그래서 기봉 씨는 나물 캐는 일이 더 좋아졌다.

엄마가 처음으로 새 옷을 사주셨던 날을 기봉 씨는 어제 일처럼 생생히 기억한다. 스무 살을 넘긴 지 얼마 안 된 때였을 것이다. 기봉 씨가 캐온 나물을 장에 내다 팔아 봉지 쌀을 사오곤 하시던 엄마가 어느 날인가는 쌀 대신 옷을 들고 돌아오셨다.

"니 옷이여."

엄마가 내민 옷은 때깔도 고운 체크무늬 남방셔츠였다. 그러나 기봉 씨는 손을 들어 홰홰 내저었다.

"나, 나 많어. 옷 많어."

"많으믄 뭐혀. 다 헌 옷인디. 남들 입다 만."

"조, 좋아, 헌 옷. 빨아서 깨끗허니 좋아."

"뭐가 좋냐. 다 해져갖구. 입어봐, 언능. 안 맞으믄 바꾸게."

"안 맞어. 안 맞어."

"입어보두 않구 워치케 아냐? 입어보라니께!"

"커, 커. 안 맞어. 커. 옴마 거 바꿔."

기봉 씨는 차마 새 옷을 입을 수가 없었다. 엄마가 입고 있는 옷도 남들 입다 만 헌 옷이긴 마찬가지였다. 자신이 입기에 새 옷은 너무 아까웠다. 새 옷을 입어야 할 사람이 있다면 그건 바로 엄마였다.

"정말 안 입을 겨?"

엄마는 마침내 화를 내셨다. 하지만 기봉 씨도 물러서지 않았다.

"필요 엄써. 나 옷. 옴마 바꿔. 꽃 들은 거. 젤 이쁜 걸루."

"……."

결국 엄마는 돌아앉으시더니 치맛자락으로 눈가를 훔치셨다. 엄마가 울다니. 씩씩한 우리 엄마가. 기봉 씨는 같이 울고 싶었지만 그러지 않았다. 대신 집을 나와 산으로 뛰어 올라갔다.

햇볕으로 따뜻하게 데워진 평평한 바위에 누워 기봉 씨는 조금 울었다. 엄마의 눈물을 본 게 가슴 아팠고, 그러면서도 도저히 새 옷을 입을 수 없는 자신의 마음이 서글펐다.

우리는 왜 이렇게 가난한 걸까.

그러다가 설핏 잠이 든 모양이었다. 눈을 뜨니 사방이 너무도 고요했다. 새 소리도, 물 소리도, 바람 소리도 들리지 않았다. 어떤 소리도 들리지 않는 완전한 적막, 마치 온 산이 거대한 방음벽에 둘러싸여 있는 듯했다. 기봉 씨는 이상한 기분이 들었다. 끝을 알 수 없게 드넓은 우주에 홀로 내던져진 것만 같았고, 자기 자신을 제외한 모든 존재가 흔적도 없이 사라져 버린 것만 같았다.

그때, 소리가 들려왔다. 갑자기 불어온 바람에 수많은 나뭇잎들이 일제히 한쪽으로 쏠리면서 쏴아 소리를 냈다. 물결치듯 몸을 뒤채는 나뭇잎들은 햇빛을 받아 반짝거렸고, 살아 움직였다. 그들이 무언가 말을 걸어오고 있는 것 같았다. 그리고 그 순간, 기봉 씨는 어렴풋이 어떤 존재를 느꼈다. 바람을 불게 하고 나뭇잎들을 움직이게 하는 어떤 힘을. 문득 산이 낯설게 느껴졌다.

그날의 낯설고 두려운 느낌은 처음이자 마지막이었다. 세상에 혼자 남겨진 듯한 외로움도, 알 수 없는 어떤 힘에 대한 두려움과 놀라움도 곧 잊혀졌다. 가난에 대한 서러움도, 체크무늬 남방의 기억도.

자연 속에서 자란 기봉 씨에게 자연만큼 좋은 친구는 없다. 자연은 그에게 늘 잘해주었다. 언제나 너그러웠다. 쌀을 사 먹을 수 있을 만큼 많은 산나물을 주었고, 망태기 가득 게를 주었다. 빨래할 수 있는 물과 햇볕을 주었다.

기봉 씨는 가끔 나무와 이야기를 나눈다. 집 앞 솔숲에서 가장 잘생긴 소나무가 그의 친구이다.

"옴마, 울 옴마 아퍼. 아침에도 자고 저녁에도 자고. 옴마 죽으믄 워치켜. 따라갈 수도 엄꼬. 워치켜. 나 혼자."

가끔은 나무를 껴안고 말없이 있다가 오기도 한다. 그렇게 나무를 안고 있으면 몸이 따뜻해져 온다. 나무의 체온이 느껴진다. 귀를 대보면 심장 뛰는 소리도 희미하게 들려온다.

나무는 오래 사니까 많은 것을 안다. 단지 사람처럼 소리 내어 말하지 못할 뿐. 나무에게도 마음이 있고 영혼이 있다. 그것이 기봉 씨의 생각이다.

5장

지금 우리는, 이 다음에 나는

공부해서 배워야지

예배가 끝나고 신도들이 모두 돌아간 빈 예배당에 목사님과 기봉 씨 두 사람만 남아 있다. 기봉 씨는 맨 앞줄에 앉아 무언가를 열심히 쓰고 있는 중이고, 목사님은 단상 아래 화이트보드 옆에 서서 글씨를 쓰는 기봉 씨를 지켜보고 있는 참이다.

"아휴. 어, 어려워."

기봉 씨는 자신의 공책과 화이트보드를 번갈아 쳐다보며 연필을 쥔 손에 힘을 준다. 기봉 씨가 쳐다보는 화이트보드에는 또박또박 큼지막한 글씨로 이렇게 씌어 있다.

'엄기봉'

'김동순'

보고 그대로 따라 쓰는 것뿐인데 왜 이렇게 어려운지 모르겠다. 남들은 어떻게 이 어려운 글씨를 보지도 않고 쓱쓱 써내려 가는지. 글씨가 빽빽한 책을 재미있다고 읽는 사람들도 정말이지 존경스럽다.

'엄기봉'과 '김동순'을 쓰는 데 삼십 분은 걸린 것 같다. 또 한 번 화이트보드를 쳐다보고 공책을 보니 얼추 비슷하게 그려진 것 같다.

"휴. 다, 다했어."

목사님이 다가와 노트를 보고는 잘 썼다고 칭찬해 준다.

"똑같이 잘 썼네요. 아주 잘 했어요, 기봉 씨."

기봉 씨 입이 크게 벌어진다. 작은 눈이 묻히고 얼굴에는 짙은 주름이 잡힌다.

엄기봉. 김동순. 태어나서 처음 써본 글씨. 목사님이자 선생님은 잘 썼다고 한다. 기봉 씨는 마라톤을 완주했을 때만큼이나 기쁘다.

"이제 집에 가서 글씨 연습 열심히 해요. 매일 스무 번씩 쓰는 거야. 다음 주일에는 안 보고도 쓸 수 있게."

"하, 하나만?"

"아니 둘 다."

둘 다 스무 번씩? 하루 종일도 모자라지 싶다.

기봉 씨가 가장 쓰고 싶은 글씨는 자신과 엄마의 이름이었다. 그래서 목사님이 같이 한글 공부를 시작하자고 권했을 때 기봉 씨는 두말할 것도 없이 그러마고 했다. '가나다라' 부터 시작하자는 목사님에게 자신과 엄마의 이름부터 가르쳐 달라고 했던 것도 그 때문이었다.

기봉 씨는 교회를 나와 집으로 달려간다. 마치 수업이 끝나 집으로 돌아가는 초등학생처럼 발걸음은 가볍기만 하다. 첫 수업, 이제 겨우 시작이지만 열심히 공부하다 보면 한글을 뗄 수 있을 것이고 남들처럼 어려운 글씨도 술술 읽어낼 수 있을 것이다. 글을 쓸 수도 있다. 일기나 편지 같은 것. 어버이날이면 카네이션 대신 들에 핀 야생화들을 꺾어 엄마에게 드리지만, 앞으로는 편지도 써서 함께 드릴 수 있을 것이다. 참, 편지를 읽으려면 엄마도 공부를 하셔야 하는데. 엄마도 글을 읽을 줄 모르시니까.

집으로 달려가는 내내 어깨에 멘 가방 속에선 목사님이 선물해 준 공책과 필통이 달그락거리며 소리를 낸다. 마치 달리기에 박자를 맞춰 주는 듯한 그 소리를 들으며 기봉 씨는 속으로 환호성을 지른다.

야호! 내가 글씨를 쓰다니!

'글자 하나 배우고서도 이렇게 기분이 좋은데 공부 많이 배운 사람들은 얼마나 좋을까. 나도 학교에 다니고 공부를 했다면 지금처럼 아무것도 모르는 사람이 아니라 똑똑한 사람이 될 수 있었을까. 아는 것이 많으면 돈도 많이 벌 수 있을 텐데. 이런, 왜 학교를 안 갔담. 아버지가 아무리 가지 말라고 해도 갔어야 했는데. 학교에 가면 선생님한테 공부도 배우고 친구들도 많고. 이 나이 되도록 이름자 하나 쓸 줄 모르다니 한심하다. 앞으로는 열심히 공부 배워야지. 공부 많이 배워서 훌륭한 사람이 되어야지.'

집에 도착한 기봉 씨는 방으로 들어서자마자 공책부터 꺼낸다.

"옴마, 나, 나 공부."

"공부?"

"응. 모, 목사가. 목사가 글씨 갈켜줘."

"안 어렵냐?"

"그, 글씨 배워 이름 써줄께" 글자 하나
배우고서도 이렇게 기분이 좋은데.
공부 많이 배운 사람들은 얼마나 좋을까.

"하, 하나 안 어려워. 쉬워. 나 잘했다고. 목사가."

기봉 씨는 공책을 펴 엄마에게 자신의 첫 글씨를 보여준다. 한참이나 공들여 쓴 자신과 엄마의 이름이 너무나 자랑스럽다. 그러나 엄마는 공책을 들여다볼 뿐 별 말이 없으시다.

"이거, 이거, 옴마 이름. 김동순. 옆에 이거 내 이름. 엄기봉."

사십 년 만에 처음 해본 공부로 기봉 씨는 한창 들떠 있다. 자신에게 장애가 있다는 생각을 해보지 못한 기봉 씨는 남들과 다른 자신을 느낄 때마다 학교에 안 다니고 공부를 안 한 탓이라 생각해 왔다. 그런데 이제 공부를 시작했으니 다른 사람들처럼 아는 것도 많아지고, 어쩌면 말도 막힘없이 술술 잘 나올지 모른다.

안개 낀 듯 모호했던 세상 이치도 환하게 알 수 있을 것이다. 우편물이 배달되어 오면 이장님 집으로 뛰어가 보여주지 않아도 무슨 뜻인지 알 수 있을 것이다. 세상은 지금보다 명확해지고 이해하기 쉬워질 것이다. 그렇게 되기까지 얼마나 많은 시간이 걸릴지 알 수 없지만, 시작했다는 것은 분명 좋은 일이다.

다음 날 아침, 기봉 씨는 누렁이와 검둥이에게 아침밥을 챙겨주며 흥얼거린다.

"누렁이. 껌둥이. 그, 글씨 배워 이름 써줄게."

방으로 들어온 기봉 씨는 공책을 펼치고 필통에서 연필을 꺼낸다. 목사님이 내준 숙제대로 반복해서 이름을 써본다. 시간 가는 줄 모르고 기봉 씨는 그렇게 방바닥에 엎드려 있다.

그날 오후, 파출소 소장님이 안부를 살필겸 해서 기봉 씨네 집에 들렀다. 늘 보는 소장님이지만 기봉 씨는 너무 반갑다. 자신이 공부를 시작했다는 사실을 온 세상에 자랑하고 싶던 차에 마침 잘 오셨구나 싶다.

"이, 이거. 공부."

기봉 씨가 내민 공책에는 '엄기봉' '김동순' 이라는 글자가 가득하다. 삐뚤빼뚤하지만 정성 들여 썼다는 게 역력한 기봉 씨의 글씨. 아이처럼 자랑하고 싶어 하는 마음을 알아차리고 소장님은 칭찬을 아끼지 않는다.

"아이구, 이걸 다 누가 썼어?"

"나, 나. 엄기봉이."

"엄기봉이가 마라톤만 잘하는 줄 알았더니 글도 쓰네."

"응. 나, 써. 글. 글 써."

"참 잘 썼다. 천하의 명필일세. 한석봉이가 울고 가겠다."

"하하하."

다른 사람의 칭찬을 있는 그대로 받아들이는 천진한 아이가 그렇듯 기봉 씨는 좋아서 어쩔 줄을 모른다.

기봉 씨는 엄마에게 이야기책을 읽어드리는 자신의 모습을 상상하며 또 한 번 크게 웃는다.

나도 색시가 있으면 좋겠다

기봉 씨는 자신에게도 색시가 있으면 좋겠다고 생각한다. 설날이 돌아올 때마다 사람들은 "새해엔 장가들어야지"라고 말하고 엄마는 늘 "기봉이 장가보내고 내가 가야지" 하신다. 모두들 장가 안 든 자신을 걱정하는 걸 보면 장가가 좋기는 좋은 것인 모양이다. 하지만 장가는 혼자 드나. 시집올 색시가 있어야 장가도 드는 거지.

"내가 키가 쪼끄매여. 키가 더 이만큼 커야지. 안 커. 나는. 쬐끔만 커. 여자가 엄써. 여자가 엄찌."

기봉 씨는 자신이 키가 작기 때문에 여자들에게 인기가 없는 거라고 믿고 있다. 마라톤도 잘하고 일도 잘하고 공부도 배우고 있는데 늘 작은 키가 문제인 것이다. 하지만 서울에서 차를 타고 집까지 찾아온 여자들도 있었다.

"여, 여자 엄써. 근데 테레비 나오면 여자 오지. 저번에 겨울에 테레비 나온께 여자가 다 와. 요번엔 안 와. 여자 오면 간디야. 간디야. 집에 간디야. 오면 맨날 찍어. 안 찍으면 안 가. 다 찍어야 가. 맨날 찍어 아주."

몇 해 전 겨울, 텔레비전에 나온 이후 낯선 사람들이 기봉 씨를 찾아오곤 했다. 여자도 있었지만 남자도 있었고, 결혼한 사람들도 있었지만 결혼하지 않은 사람들도 있었다. 모든 사람을 좋아하는 기봉 씨지만 솔직히 남자 손님보다는 여자 손님이 더 반가운 게 사실이다. 하지만 그들은 말 그대로 손님일 뿐이어서 자기 할 일을 마치면 집으로 돌아가는 게 당연했다. 그래도 기봉 씨의 마음 한구석에는 섭섭함이 쌓이곤 했다.

"호, 혼차 살아. 편안허게. 그냥 혼차. 나도 늙어서 할배 되고 그래도."

한편으로는 장가들지 않고 혼자 사는 것이 마음 편한 삶이라는 생각도 든다. 금슬 좋은 부부는 아니었던 엄마와 아버지……. 엄마는 혼자 사시는 게 오히려 좋았을지도 모른다. 아버지는 결코 좋은 남편이 아니었으니까. 엄마와 아버지뿐 아니라 집을 나간다는 아내들, 자식을 두고 남남으로 갈라선다는 부부들 이야기를 들으면 기봉 씨는 장가가고 싶은 생각이 깨끗이 사라지곤 한다. 그냥 이대로 엄마랑 재미있게 살다가 나중에 혼자가 되면 또 혼자인 채로 사는 것도 나쁘지 않겠다 싶어지는 것이다.

사실 기봉 씨는 결혼에 대해 심각하게 고민해 본 적이 없다. 장가든다는 것의 의미를 색시와 같은 집에 살며 서로 아껴주는 것 이상으로 생각해 본 일도 없다. 생활은 어떻게 꾸려나가야 하는지, 아이는 어떻게 낳아 키워야 하는지, 갈등이 생기면 어떻게 해결해야 하는지, 부부의 역할 분담은 어떻게 해야 하는지, 그는 결혼생활에 대해서 아는 바가 없다.

그저 곁에 있어줄 좋은 색시가 있으면 좋겠다는 생각 밖에는.

만약 색시가 생긴다면 정말 잘해줄 텐데. 우리 엄마처럼 고생 많이 하게 안 할 텐데. 지금처럼 빨래도 하고 청소도 하고 밥도 짓고 다 내가 할 텐데. 공주 마마처럼 아무 일도 못하게 해야지.

젊어서부터 일만 하고 고생만 한 엄마를 기봉 씨는 늘 안타까워 했다. 그래서 기봉 씨는 모든 여자들에게 연민을 갖고 있다. 엄마처럼 여자들은 남자보다 작고 약하면서도 항상 일만 하고 남편에게 구박만 받는다. 그래서 불쌍하다. 기봉 씨는 여자들에게 잘해주어야 한다고 생각한다. 여자, 특히 엄마처럼 늙고 힘없는 여자들은 기봉 씨의 마음을 늘 짠하게 만든다.

하지만 젊은 여자들을 보면 기분이 좋아진다. 그녀들은 마치 봄 같다. 언젠가 어느 여자대학교에서 교지를 만든다는 학생 세 명이 기봉 씨를 취재하러 온 적이 있었다. 이장님과 함께 여학생들이 나타나자 온 방 안이 환해지는 것 같았다. 깊어가는 가을이었지만 다시 봄이 찾아온 듯했다.

"엄기봉 선생님, 안녕하세요?"

기봉 씨는 화들짝 놀라 두 손을 홰홰 저었다.

"아, 아녀. 선상님. 나 아녀."

그래도 여학생들은 기봉 씨를 선생님이라 불렀다.

"아, 아니라니께."

그러자 얼굴이 하얗고 눈동자가 유난히 까만 여학생이 까르르 웃더니 기봉 씨를 바라보며 물었다.

"그럼 오빠라고 부를까요?"

"오, 오빠?"

"네, 기봉 오빠."

여동생이 없는 기봉 씨에게는 '오빠'도 낯설기는 마찬가지였다. 그러고 보니 그동안 기봉 씨는 한 번도 오빠라고 불려본 적이 없었다. 남자든 여자든 아이든 어른이든 사람들은 모두 자신을 기봉아, 하고 부르곤 했다.

인터뷰는 즐거웠다. 그날따라 기봉 씨는 많은 말을 했고 농담도 자주 했다. 여학생들은 기봉 씨의 말 한마디가 끝날 때마다 깔깔대며 웃었고 특히 눈동자가 까만 여학생은 웃음이 많았다. 기봉 씨는 그 여학생의 눈이 꼭 포도알 같다고 생각했다. 그래서 여학생들이 돌아가겠다고 했을 때, 기봉 씨는 다른 때보다 몇 배는 아쉬웠다. 참으로 유쾌하고 행복한 시간이었다.

기봉 씨는 여학생들과 일일이 악수를 나누고 마지막으로 눈동자가 포도알 같은 여학생을 포옹했다. 그런데 여학생은 깜짝 놀라는 눈치였다. 얼굴에 당황한 빛이 서렸다. 그렇게 여학생들은 떠나갔고, 마당에는 이장님과 기봉 씨만 남았다.

이장님이 말했다.

"기봉아, 좀 전처럼 여자 껴안으면 안뎌. 큰일 나."

"왜?"

"너는 누가 물어보두 않구 막 껴안으면 좋겄냐?"

사실 잘 모르겠다. 하지만 이장님 말씀이 맞는 것 같다. 다른 사람들은 그러지 않으니까.

"막 껴안으면 사람들이 싫어해. 여자는 더 싫어해. 깜짝 놀래. 앞으로 그럼 안뎌. 큰일 나. 사람 놀래키면 순경이 잡아가. 그럼 징역 살아야 돼. 잉? 알겠냐, 기봉아?"

"예. 아, 안 할게. 크, 큰일 나."

이장님은 기봉 씨의 순진한 마음을 알면서도 오해를 낳을 수 있는 행동의 싹을 미리 단속해야겠다고 생각한 것이다. 아무도 가르쳐 주지 않았으니 이제라도 가르쳐 주어야 한다고 생각했던 것이다.

몇 달 후, 자신의 기사가 실린 교지가 배달되어 왔을 때 기봉 씨는 그때 왔던 여학생들의 얼굴이 또렷이 떠올랐다. 봄처럼 예쁜 학생들이었다.

교지를 덮으며 기봉 씨는 생각했다. 껴안아도 싫어하지 않을 사람이 곁에 있었으면 좋겠다고. 어서 장가를 들어야 할 텐데. 자신의 색시는 지금 어디서 무얼 하고 있는지 만나면 화가 날 것 같다. 왜 이제야 나타났냐고 투정을 부리지 싶다.

나도 색시가 있었으면 좋겠다……

미운 사람은 없어

텔레비전을 보면 눈이 나빠지는 데다 낮에 보면 더욱 나빠진다고 믿는 기봉 씨이지만 아홉 시 뉴스만큼은 꼭 챙겨 본다. 그런데 뉴스에는 좋은 이야기보다 좋지 않은 이야기들이 더 많이 나와 뉴스가 끝나고 잠자리에 들 때면 기봉 씨는 심란해지는 것이다. 싸우고, 때리고, 죽이고, 전쟁하고……. 사람들은 왜 그렇게들 서로 미워하며 살까? 그리고 그 미움은 어디서 오는 것일까?

세상에는 이해할 수 없는 일들이 많지만, 기봉 씨에게는 서로 싸우고 남을 해치고 그러면서 자기 자신까지 망가뜨리는 사람들만큼 이해할 수 없는 일도 없지 싶다. 그 사람들은 그렇게 해야 행복할까? 사는 건 이렇게 즐거운데, 사람들은 이렇게 좋은데.

기봉 씨는 사람들이 좋다. 꼴 보기 싫게, 때려주고 싶게 미운 사람은 아무도 없다.

"사, 사람들 좋지. 다 좋아. 미운 사람 엄써. 옛날에, 아주 옛날에 막 패여. 돌 던지고. 지금 안 그려. 다 좋아."

그러나 그때도 기봉 씨는 때리는 아이들을 미워하기보다 자신이 무얼 잘못했는지부터 생각했다. 아무리 곰곰 생각해 봐도 무얼 잘못했는지 알 수는 없었지만.

기봉 씨는 평화주의자이다. 텔레비전을 보다가 사람을 때리는 장면이라도 나오면 기봉 씨는 자신의 말이 텔레비전 속 배우에게 들리기라도 하는 것처럼 외친다.

"아, 안뎌. 아퍼! 때리믄 아퍼!"

그는 마을에서 아이들이 싸우는 모습을 우연히 보게 되었을 때도 그냥 지나치지 못한다.

"사, 사이좋게 놀어야지. 친구끼리. 싸우믄 안뎌. 친구 이뻐혀야지. 미워하믄 안뎌."

우는 아이가 있으면 달래주고, 화가 나 씩씩거리는 아이가 있으면 타이른다. 아이들이 싸움을 멈추는 것을 보고서야 자리를 뜬다. 어쩌다 마을 노인들이 언성을 높이며 다투는 모습이 눈에 들어올 때도 기봉 씨는 발 벗고 중재자로 나선다.

"하, 할배. 싸우믄 안뎌. 혀, 혀, 혈압 올라."

"느, 느, 늙어서 싸우믄 못써. 애들이 흉봐."

아이들 싸움이나 어른들 싸움이나 큰 싸움이 아닌 한 기봉 씨가 끼어들면 대개 소란은 잦아들곤 했다. 어눌하지만 정곡을 찌르는 기봉 씨의 말에 당사자들은 멋쩍어지게 마련이었다. 말리는 사람에게까지 불똥이 튀기 쉬운 게 사람들 싸움이지만 기봉 씨에게는 한 번도 그런 불똥이 튄 적이 없었다.

기봉 씨는 사람들을 탓하지 않는다.
섭섭한 기억보다는 고마운 기억을 간직하고,
나쁜 점보다는 좋은 점을 보기 때문이다.

아버지가 돌아가시기 전, 아버지에게서 속상한 말을 들은 엄마가 울적해하면 할 수 있는 모든 노력으로 엄마를 위로해드린 것도 어린 기봉 씨였다. 기봉 씨는 엄마의 기분을 예민하게 눈치챘다. 그것은 일종의 동물적인 감각이었다. 다른 식구들은 알아차리지 못하는 엄마의 태도, 표정, 감정의 변화를 기봉 씨만큼은 정확하게 감지하고 인식했다. 머리가 아니라 가슴으로.

엄마의 기분이 좋으면 기봉 씨의 기분도 좋았고 엄마가 울적해하면 기봉 씨도 울적해졌다. 그러니 엄마의 마음을 풀어드리려고 애썼던 건 기봉 씨 자신을 위한 일이었는지도 모른다.

기봉 씨는 약하고, 아프고, 슬픈 사람들이 불쌍하고 애처롭다. 다른 사람들 눈에 정작 불쌍한 사람은 기봉 씨로 보일지 몰라도 그는 자신을 불쌍하게 여겨본 적이 없다. 그리고 다른 사람들에 대한 그의 연민은 아마도 엄마에 대한 연민에서 비롯된 감정일 것이다. 기봉 씨에게 미운 사람은 없다. 다만 불쌍한 사람이 있을 뿐.

모든 사람들이 기봉 씨에게 항상 잘해주었기 때문이 아니다. 그는 좋은 소리보다는 싫은 소리를 더 많이 들으며 자랐고, 불혹의 나이에도 불구하고 여전히 아이 같은 대우를 받곤 한다. 사람들은 기봉 씨와 대화할 때 다 자란 어른 대 어른으로서가 아니라 아이에게 눈높이를 맞추려는 어른으로서, 가르치고 지시하고 충고하는 자세로 그를 대한다. 의도하건 의도하지 않았건 그들도 모르는 사이에. 기봉 씨의 마음이 아직 예닐곱 살에 머물고 있으니 이해할 수 없는 일은 아니지만, 어른 대접을 받아본 적이 없는 기봉 씨로서는 억울할 만도 하다.

그러나 기봉 씨는 사람들을 탓하지 않는다. 듣기 싫은 소리를 한다고, 자신을 동등한 인격체로 대해주지 않는다고, 자신을 업신여긴다고 사람들을 미워하지 않는다. 섭섭한 기억보다는 고마운 기억을 간직하고, 나쁜 점보다는 좋은 점을 보기 때문이다. 다른 사람의 삶과 자신을 삶을 비교해 우열을 가릴 줄 모르기 때문이다.

미움이 없는 그에게는 남의 성공을 질투하는 시기심도, 남을 해코지하려는 악한 마음도 없다. 미움이 없으니 그는 다른 사람의 불행을 진심으로 동정하고 다른 사람의 행복을 자기 일처럼 기뻐한다. 짓밟고서라도, 거짓말을 해서라도 남을 이기고 올라서려는 생각이 없다. 미운 사람들에게 본때를 보여주기 위한 방법을 궁리하지도, 그들을 꺾기 위해 힘을 가져야겠다고 계획하지도 않는다. 기봉 씨에게는 미움이 없다. 그래서 가슴속에 한(恨)도 없다.

남들이 생각하는 성공과 행복의 기준이야 어떻든 그는 자신의 삶을 산다. 아무도 미워하지 않고 아무도 탓하지 않으면서. 이것이 기봉 씨가 진정으로 행복한 이유이다.

세상에서 제일 행복한 남자

지나가는 말처럼 슬쩍 물어본다.

"슬플 때 없어요?

"왜?'

기봉 씨는 의아하다는 표정이다. 물어본 사람이 당황할 정도로. 의
문 가득한 그의 눈빛을 받아내고 있자니 '왜?' 라는 물음에 어떻게든
답을 해야만 할 것 같다.

"그냥 뭐…… 살다보면 슬픈 일도 있고, 아무 일 없어도 괜히 눈물
이 날 것 같은 때도 있고…… 그게 그러니까…… 사람은 누구나 조금
씩은 슬픈 존재 아니겠어요. 저기요…… 슬플 때 없어요? 진짜?'

난감함 때문에 횡설수설, 쓸데없는 말이 길어졌다.

"슬플 때 엄찌. 난 다 좋지."

대답을 듣고 나니 세게 한 방 얻어맞은 기분이다. 확신에 찬 단호한
대답.

난 다 좋지.

인정하지 않을 수 없었다. 이 사나이야말로 세상에서 가장 행복한
사람이다.

　남들이 뭐라고 하건, 가엾게 여기건 웃음거리로 생각하건 기봉 씨는 참 행복하다. 집도 없고 아내도 없고 돈도 없고 부족한 것투성이지만 행복은 소유에 비례하는 것이 아니니까. 물론 세상에서 가장 행복한 그에게도 불행한 시절이 있었다. 그리고 엄마의 죽음에 대한 걱정도 있다. 그러나 불행한 시절이 있었기에 그는 지금 행복할 수 있고, 아직 일어나지도 않은 일에 대해 노심초사할 필요는 없다.

　사실 그와 십 분만 같이 있어봐도 그가 행복해한다는 사실은 누구나 알 수 있다. 행복은 숨겨지지 않는다. 특히 기봉 씨에게서라면 더더욱. 그가 자주 웃는 건 자주 행복하기 때문이다. 대체 좋은 일이 얼마나 많기에. 웃는 얼굴이야말로 맨발에 버금가는 엄기봉의 트레이드마크다.

　눈이 내린 뒤라 온 세상이 꽁꽁 얼어붙은 날이었다. 그날도 기봉 씨는 엄마의 간식을 사가지고 집으로 달려가다가 뿌리칠 수 없는 유혹에 맞닥뜨렸다. 마을 아이들이 얼어붙은 눈길에서 신나게 썰매를 타고 있었다. 그 모습이 얼마나 신나 보이는지 기봉 씨는 발길을 멈추고 잠시 고민에 빠진다.

　엄마의 간식과 썰매 타기. 두 가지를 놓고 이리저리 저울질을 해본다. 결론은 곧 났다. 엄마가 당장 바나나를 드시고 싶다고 한 것도 아니니 간식은 조금 늦게 가져가도 된다. 하지만 썰매는 지금이 아니면 탈 수 없다. 아이들은 썰매를 들고 언제 집으로 돌아갈지 모른다. 기

"슬플 때 없어요?"
"왜?"
기봉 씨는 의아하다는 표정이다.
"슬플 때 없찌. 난 다 좋지."

봉 씨는 길 한쪽에 비닐봉투를 던져놓고 아이들 속에 섞여든다. 썰매
타는 아이들을 따라다니며 주위를 서성이는 그를 한 아이가 빤히 쳐
다본다.

"아저씨."

"응."

"타고 싶죠?"

"타, 타고 싶지. 썰매."

"에이, 어른이."

그러면서도 아이는 썰매를 내주고 재미있게 타는 방법까지 친절하
게 일러준다. 기봉 씨는 아이들과 어울려 신나게 썰매를 타고 논다.
그 모습이 영락없는 어린아이이다. 아이들도 기봉 씨를 친구처럼 받
아들인다. 다른 어른 같지 않게 말도 잘 통하고 마음도 잘 맞는다. 방
해가 되기는커녕 계속 같이 놀고 싶어진다.

이렇게 아이들과 어울려 놀 때면 기봉 씨는 어린 날의 외로움을 보
상받는 듯한 기분이 든다. 지금도 또래 친구가 없기는 마찬가지이지
만—그들은 너무 늙어버렸다. 함께 놀 수 있는 것이 없다—아이들이야
말로 기봉 씨의 좋은 친구들이다. 자신들의 무리에 기꺼이 받아들여
주고 함께 노는 걸 좋아해 주는 아이들이 기봉 씨는 고맙다. 옛날 같
으면 돌멩이나 맞았을 터였다.

그렇게 얼마나 놀았을까. 문득 정신을 차려보니 벌써 두 시간이나

지나 있다. 삼십 분도 채 안 된 것 같은데. 기봉 씨는 저만치 내팽개쳐 놓은 비닐봉투를 향해 뛰어 가며 아이들한테 인사를 한다.

“얘, 얘들아, 안녕!”

“마라톤 아저씨, 잘 가세요!”

기봉 씨는 다시 뛰기 시작한다. 행복한 오후였고, 남은 하루도 행복한 날이 될 것 같다. 신나게 썰매도 탔고 집에 가면 엄마는 언제나처럼 맛있게 바나나를 드실 것이다.

약속

　투표하는 날, 기봉 씨는 엄마를 모시고 마을 입구의 초등학교에 마련된 투표소로 간다. 기봉 씨와 엄마는 선거권이 나온 이후 한 번도 투표를 걸러본 적이 없다. 투표하는 날은 마을 사람들을 한꺼번에 만날 수 있는 좋은 기회이면서 나도 당당히 국민의 한 사람이라는 자각을 한 번씩 일깨워 주기 때문이다.

　기봉 씨가 엄마와 함께 모습을 드러내자 마을 사람들이 다들 한마디씩 말을 걸어온다.

　"기봉이, 어매 모시고 투표하러 왔냐?"

　"잘 찍어. 엄한 데 찍으믄 무효표 되야."

　"몇 번 찍을겨? 7번 찍어라, 기봉아. 얼매나 좋나, 행운의 7번."

　"어허, 이 사람. 왜 강요하구 그려. 대한민국에는 투표의 자유가 있당께. 기봉아 니가 찍고 싶은 사람 찍으면 된다. 잉?"

　기봉 씨는 기표소 안으로 들어가 줄을 선다. 죽 앉아 있는 사람들한테 주민등록증을 보여주고, 기표용지를 받고, 사인을 하고, 기표소 안으로 들어가 생각해 두었던 번호 밑에 꾹 하고 도장을 찍는다. 엄마도 옆 칸에서 도장을 찍고 계실 것이다. 투표함에 기표용지를 접어

넣고, 엄마 것도 받아 넣고 나니 큰일을 했다 싶은 게 왠지 어깨가 으쓱해진다.

운동장으로 나온 기봉 씨와 엄마. 엄마는 마을 사람들과 이야기를 주고받으시고, 기봉 씨는 갑자기 스트레칭을 조금 하더니 운동장 밖으로 달려 나가버린다.

"기봉이 또 뛰네."

그 말에 엄마는 교문 쪽으로 고개를 돌리시지만 그러려니 하는 표정이시다.

"뛰댕기다 올겨. 나 여기 있은께."

엄마 말대로 한 시간 뒤, 기봉 씨는 다시 운동장 안으로 들어온다. 그때까지 엄마는 계단에 앉아 이웃 할머니와 담소를 나누고 계셨다.

장터에서도, 병원에 갈 때도 그리고 오늘 같은 날도 기봉 씨와 엄마는 시간 약속을 하지 않는다. 결국은 서로 만나니까. 길이 엇갈린 적도 없었고, 만나지 못해서 따로따로 집에 간 적도 없었다. 엄마는 언제까지고 자신을 기다리리라는 걸 알기에 기봉 씨는 엄마가 있는 곳으로 반드시 돌아오고, 자신이 기다리는 걸 아는 아들이 반드시 돌아올 것이기에 엄마는 느긋하게 아들을 기다리신다. 기봉 씨와 엄마에게는 어디서 몇 시에 만나자는 약속이 필요 없다. 다만 두 모자에게는 서로를 믿는 마음이 있을 뿐이다.

진실로 서로를 믿고 있다면 약속은 필요하지 않다. 약속은 믿기 때문이 아니라 믿지 못하기 때문에 하는 것이다. 상대를 믿지 못하는 마음이 약속을 요구하고, 또한 상대가 나를 믿지 못하는 걸 알기에 약속으로써 믿음을 주려 한다. 세상에 넘치는 숱한 약속들. 지켜지기도 하고 깨지기도 하며 아예 잊혀지기도 하는.

엄마는 기봉 씨에게 아무것도 약속해 주지 않으셨다. 더 늦기 전에 장가를 들여주겠다고도, 나 죽으면 큰누나에게 널 보살피도록 부탁하겠다고도 하지 않으셨다. 그것이 불가능해서라기보다도 엄마는 마음속으로 자기 자신에게 약속하셨던 것이다. 기봉 씨 역시 엄마에게 어떤 약속도 하지 않았다. 돈 많이 벌어 틀니를 해드리겠다는 약속은 엄마에게 한 약속이 아니라 기봉 씨 자신과의 약속이었다.

엄마가 마을 사람들이랑 이야기하는 틈을 타 한 시간을 달리고 온 까닭은 다시 한 번 마라톤 대회에 출전할 계획 때문이었다. 기봉 씨는 이제 본격적인 연습을 시작해야 할 때라고 생각하고 있다. 그동안은 건강이 좋지 않아 전처럼 많이 뛰지 못했다. 하지만 이제 훈련을 다시 시작하려고 한다. 이번에는 상징적인 일등이 아니라 상금을 탈 수 있는 실질적인 일등이 목표이다. 큰 대회는 엄마의 틀니를 해드릴 수 있을 만큼 상금도 클 것이다. 꼭 일등을 하고 싶다. 엄마가 그 좋아하던 총각김치를 아삭아삭 깨물어 드시는 모습을 보고 싶다.

엄마를 모시고 학교를 나오는데 마침 오토바이를 탄 이장님이 학교를 향해 오고 있다. 이장님도 기봉 씨 모자를 발견하고는 오토바이를

218

세운다.

"투표하셨슈?"

"아까 했슈."

"기봉이도 투표했냐?"

"예. 투표허고 가. 인자, 집에."

"그려. 조심해서 들어가."

이장님이 다시 오토바이를 몰고 가자 기봉 씨는 그 뒤를 쫓아 냅다 달린다.

"이장이! 이장이! 서! 서!"

마침내 이장님은 오토바이를 멈추고 기봉 씨를 돌아본다.

"할 말 있냐?"

기봉 씨가 달려오며 말한다.

"이, 이장이가 같이 뛰줘. 니얄부텀."

"같이 뛰자구?"

"응. 대회, 대회 나가야지."

"안 디야. 아직 아프잖여. 더 있다가."

"더, 더 있다 언제?"

"뜀박질도 좋지만 뭣보담두 몸이 건강해얄 것 아녀. 약 다 먹구 병원 더 댕기구 검사두 또 해보구. 그리구 괜찮으면 그때 대회 나가도 되야. 그래도 안 늦어."

"나, 나 안 아퍼. 인자 안 아퍼. 같이 뛰줘."

이만큼 설명했으면 고개를 끄덕이며 "예" 할 때가 됐는데 기봉 씨는 여느 날과는 다르게 물러설 기미가 없다.

"난 못혀. 바뻐. 너 훈련시킬 시간이 어딨냐 내가. 할라믄 혼자 혀. 요새도 맨날 뛰댕기두만."

이장님은 짐짓 차갑게 잘라 말한다.

"주, 죽어도 되여? 나, 나 죽으믄 이장이도 슬퍼. 호, 혼차 연습하믄 죽어. 이장이가 그랬잖여."

"휴우. 대관절 왜 그란디야?"

"트, 틀니. 옴마 틀니."

"상금 타서 어매 틀니 해줄라구?"

"응. 옴마 틀니."

휴우, 하고 이장님은 한숨을 쉰다. 그러더니 잠시 후 입을 연다.

"알았다. 내 마라톤 대회 일정을 좀 알아보구. 그리구 계획을 짤 겨. 천천히, 편안허게 시작허자."

기봉 씨는 말 그대로 뛸 듯이 기뻐한다. 처음 거역해 본 이장님의 말씀. 오늘은 이장님 말씀에 순종하지 않았다. 그래도 기분은 그 어느 때보다 좋다.

그래, 다시 시작이다.

건강하게, 오래오래 행복하게

위장병과 허리, 다리의 통증 때문에 그동안 마라톤 대회에도 나갈 수 없었고 이제야 다시 연습을 시작한 기봉 씨는 요즘 건강의 소중함을 뼈저리게 느끼고 있다. 건강을 잃으면 모든 것을 잃는다는 말의 의미를 비로소 알 것 같다. 그래서 연습도 몸에 무리가 가지 않는 선에서 끝내고, 물리치료도 열심히 받으러 다니는 등 각별히 건강에 신경을 쓴다.

이장님과 함께 마라톤 연습을 마치고 기봉 씨는 부리나케 집으로 돌아온다. 오늘은 할 일이 많다. 내일은 특별한 날, 엄마의 생신이기 때문이다. 며칠 전, 달력에 동그라미를 그려 표시해 둔 날이 얼마 남지 않았다는 걸 알았을 때부터 기봉 씨는 마음이 바빠졌다. 이번 생신 때는 엄마에게 뭔가 색다른 걸 해드리고 싶었다.

그동안은 아침 일찍 일어나 엄마 대신 밥을 안치고 평소와 다를 것 없는 아침상을 차려드리는 게 고작이었다. 기봉 씨가 한 밥은 엄마가 한 밥보다 되지 않으면 질기 일쑤였지만, 물 맞추는 게 딱딱 안 맞아 늘 밥 짓기를 어려워하는 기봉 씨로서는 어쩔 수 없는 일이다.

집에 도착하니 엄마는 또 주무시고 있다. 한 번 잠들면 웬만해선 잘

깨지 않으시는 엄마지만, 기봉 씨는 무언가 비밀이 있는 사람처럼 발소리까지 죽여가며 자신의 방으로 들어간다. 날이 저물도록 기봉 씨의 방에선 부스럭거리는 소리가 끊이질 않았다.

다음 날 아침, 기봉 씨는 엄마가 눈 뜨시기 전에 일어나 부엌으로 향한다. 부지런히 쌀을 씻어 안치고 마른 미역을 불려 국을 끓인다. 돈이 모자라 고기는 못 샀지만 다행히 부엌 찬장에 미역이 남아 있었다. 김도 몇 장 구워 간장 종지와 함께 상에 올려놓고 배추김치도 꺼내 잘게 썬다. 그럭저럭 꼴을 갖춘 아침상이 차려졌다.

밥상을 들고 방으로 들어가 보니 엄마는 여전히 주무시고 계시다. 계획대로 일이 착착 진행되어 가고 있는 셈이다. 기봉 씨는 자기 방으로 들어가 초코파이 상자를 뜯고 하나하나 포장을 벗겨놓는다. 초코파이를 쌓아놓고 초를 꽂아 생일 케이크를 대신하는 모습을 텔레비전에서 봤을 때 기봉 씨는 머릿속에 환하게 불이 들어오는 기분이었다.

엄마가 생일케이크의 촛불을 불어 끄는 모습을 보는 것은 기봉 씨의 작은 꿈이었다. 따뜻한 촛불이 켜진 예쁜 케이크를 놓고 둘러앉아 있는 사람들의 모습. 생일을 맞은 주인공은 고깔모자를 쓰고 한가운데 앉아 있고 다른 사람들은 축하노래를 부르며 폭죽을 터뜨리는 모습은 언제나 기봉 씨의 가슴을 뛰게 했다.

둥근 알루미늄 쟁반에 차곡차곡 초코파이를 쌓고 비상용으로 구비해 두었던 흰 초를 찾아 맨 위에 턱 하니 꽂는다. 생일 촛불은 나이 수

만큼 꽂는 거라지만 기봉 씨는 작은 거 여러 개보다 큰 거 하나가 더 좋다. 이제 케이크 준비는 끝. 어제 만들어 놓은 고깔모자도 점검하고 직접 쓴 생일카드도 잘 있는지 확인한다.

사실 카드 쓰는 게 제일 어려웠다. 문방구에서 생일카드 하나를 사 들고 교회로 달려가 목사님에게 도움을 요청했는데, 그때만 해도 카드 쓰기가 그렇게 어려울 줄은 몰랐다.

"새. 생일, 니얄 옴마 생일."

목사님은 기봉 씨가 보여주는 카드를 보고 축하 메시지를 대신 써 달라는 의미로 이해했다.

"여기다 뭐라고 써줄까요?"

"아니, 아니. 써. 내가. 이거, 이거 내가 써. 저기 써줘. 목사는."

기봉 씨는 예배당 한 켠에 세워져 있는 화이트보드를 가리킨다. 그제서야 목사님은 기봉 씨의 진의를 파악한다.

"그래요 그럼. 불러봐요. 하고 싶은 말이 뭔지."

기봉 씨는 잠시 생각에 잠기더니 이윽고 입을 연다.

"오, 옴마. 생일날 축하혀…… 옴마 늙었어. 오래 살아서, 다 아퍼. 너무 늙어서. 근디 또 생일날 왔어. 또 한 살 먹어. 또 늙어…… 옴마, 요번이 생일날 마지막이여. 다음번엔 생일 안 와. 그러믄 좋겠 어……."

"저기, 기봉 씨."

화이트보드에 기봉 씨의 말을 받아 적던 목사님이 난처한 얼굴을 한다.

"이거 베껴 쓰려면 한참 걸릴 텐데. 그리고 엄마 생신에 하는 말치곤 좀 그렇지."

"그, 그럼 다시."

"그럼 이거 지울게요."

"예."

"자, 시작!"

"오, 옴마…… 옛날에, 아주 옛날에, 하느님이가 옴마 맹글었어. 고마워. 하느님…… 옴마, 잘 살어. 건강허게, 오래오래 행복허게. 끝."

목사님은 기봉 씨의 말은 무시하고 마음대로 한 문장 써놓을까 생각했다. 간결하고 적절한 생일 축하 메시지로. 하지만 채 익히지 못한 서툰 한글로나마 직접 카드를 써서 엄마에게 드리고 싶어 하는 기봉 씨의 마음이 애틋해, 화이트보드 위에 기봉 씨의 말을 그대로 옮겨 적었다.

기봉 씨는 카드에 글씨를 쓰느라 진땀을 뺐다. 결국은 절반도 못 쓰고 손을 들고 말았다.

"아휴, 참. 목사."

"왜요."

"다, 다시."

"짧은 걸루 할 걸 그랬죠?"

"응."

기봉 씨는 생각할 수 있는 가장 짧고 근사한 말을 목사님에게 불러 주었다. 그렇게 해서 쓴 카드였다.

기봉 씨는 안방으로 건너온다. 엄마가 덮고 있는 이불에 발을 집어 넣고 앉아 엄마가 일어나 어서 생일 아침을 맞이하시기를 기다린다. 십오 분쯤 지났을까. 마침내 엄마가 눈을 뜨셨다. 기봉 씨는 얼른 자기 방으로 가 초에 불을 켜고 초코파이 쟁반을 들고 나온다. 쟁반 한켠에는 카드와 마이크도 놓여 있고, 머리에는 울긋불긋 꽃그림을 그려 넣은 고깔모자를 썼다.

기봉 씨가 나타나자 엄마는 자리에서 일어나 앉으신다.

"뭐냐?"

"케키. 케키. 생일날 케키."

기봉 씨는 엄마 앞으로 쟁반을 밀어놓고 고깔모자를 벗어 엄마에게 씌워드린다.

"이건 또 뭐여?"

"모자, 생일에 쓰는 거. 내, 내가 맹글었어."

그리고 마이크를 들고 노래를 부르기 시작한다.

"생일 축하합니다. 생일 축하합니다. 오, 옴마, 불 꺼. 초. 훅 꺼. 생일 축하합니다. 생일 축하합니다."

"옛날에, 아주 옛날에,
하느님이가 옴마 맹글었어.
고마워. 하느님……."

고깔모자를 쓴 엄마가 마지못한 듯 훅 하고 촛불을 불어 끄신다. 기봉 씨는 박수를 치며 좋아한다. 그러곤 엄마에게 내미는 생일 카드. 봉투를 열고 카드를 꺼내 펼쳐보시는 엄마는 영문을 모르겠다는 표정이시다.

"글씨 아녀. 니가 썼냐?

"응. 내가. 어제 교회서."

교회에서 공부 배운다고 한 게 얼마 안 된 것 같은데 벌써 글을 뗐나 싶어 엄마는 기봉 씨 얼굴을 다시 한 번 바라본다.

"……뭐라고 썼냐?"

기봉 씨는 엄마에게서 카드를 받아 들고 한 음절 한 음절 힘주어 그것을 읽는다. 사실, 읽는 시늉이다. 그건 어제 자신이 목사님에게 불러주었던 말이니까.

"옴마, 사랑해여."

그날 아침 처음으로 미소를 지으시는 엄마. 엄마에게 오늘은 가장 행복한 생일로 기억될 것이다. 아들에게서 사랑 고백을 받은 여든한 번째 생일로.

맨발의 기봉이

1판 1쇄 인쇄 2006년 4월 10일
1판 1쇄 발행 2006년 4월 14일

지은이 ┃ 김서영
편집인 ┃ 김기중
발행인 ┃ 박근섭
펴낸곳 ┃ 민음사출판그룹 **(주) 황금나침반**

출판등록 ┃ 2005. 6. 7. (제16-1336호)
주소 ┃ 135-887 서울 강남구 신사동 506 강남출판문화센터 4층
전화 ┃ 영업부 (02)515-2000 / 편집부 (02)514-2642 / 팩시밀리 (02)514-2643

값 9,500원

ⓒ엄기봉, 2006. Printed in Seoul, Korea

ISBN 89-91949-70-3 03810